# 群樹之歌

一枚鮮明的生命記號，與青春歲月的自己接軌，
微笑、淚光、感觸
一再如海面湧生的浪花不停地開落。

陳幸蕙 著

# 目錄

## 群芳譜

## 可人篇



## 詠馥篇

## 卷二

# 一路走來，始終陽光（新版序）

《群樹之歌》是我啓碇揚帆，邁向創作海洋的首航作品。初版時間是民國六十八年七月，書中較早的幾篇散文〈芭樂樹〉、〈燕子飛來春半〉甚至寫於民國六十五年，距今竟已整整三十年！展卷重讀舊作，三十年後的我，雖仍不減當年抒情、浪漫、積極、熱情的陽光風格（據說這是O型獅子座的特色），但歲月修磨的痕跡難免，仔細諦視，在心境上是微有滄桑了。

但，若滄桑其實也意謂著理性、成熟的話，那麼，這一由歲月所落彩的新的質素，是否便是我往後創作，一項有別於早歲純眞年代的重要資產呢？

想起我在〈芭樂樹〉一文中的一段話：

> 成長！成長！在無限的時間裡，生命的意義，或許就在於這許多有形無形的

成長吧！

三十年後的我，不僅仍欣然認同，且決定繼續由這樣的陽光主題，來統領我的人生！

感謝九歌出版社主動提出以新版重印這本散文集的建議。爲了保留三十年前的我的精神面貌、心靈影像，像保留一張意義豐富、有紀念價值的舊照片，新版作業過程，除了略微改動標點，潤飾或刪除多餘的「的」、「地」等贅詞，並將原書第三輯——賞析古典詩詞，與第一、二輯屬性不同的篇章——刪除外，所謂新版《群樹之歌》，其實完整地保留了一個文壇初航水手當年全部的精神樣貌。

只是，透過這本處女散文集，遙與青春歲月的自己接軌，微笑、淚光、感觸，實都一再如海面湧生的浪花不停地開落。

畢竟，這是一枚鮮明的生命記號——《群樹之歌》問世於女兒誕生的那個夏日，多年後初暑麗日依然，但當年爲我戴上母親華冕的小貝比，如今卻已是遠在劍橋攻讀中世紀文學的博士生了。而〈燕子飛來春半〉的副標是——「謹以此文獻給那五年來與我攜手同行的男孩」，當時未曾想過「五年」將乘以多少倍數的課題？如今這兩鬢飛霜的「男孩」，固已與我攜手同行三十五載，而戀愛的故事卻仍有很多精彩的情節待落筆。……

那的確是我生命中另一無可取代的創作——愛情、婚姻、家庭，重要性絕不亞於紙面上的文學創作。而既忠於自我一路這樣走來，往後歲月，繼續追求這兩個「創作」的雙成長目標，自仍將是我單純人生中再明確不過的方向！

於是，透過《群樹之歌》，和三十年前的我重逢，微笑地輕拍這青春之我的肩膀之際，共同眺望另一個擺在眼前的三十年，我要在滄桑的基底上，快樂自信地告訴她——

過去的三十年，若一路走來，始終陽光，那麼，前路漫漫，未來的三十年，讓我們繼續陽光吧！

——二〇〇六年五月於台北新店

# 為《群樹之歌》打邊鼓

孫如陵

陳幸蕙小姐出第一本書——《群樹之歌》，索序於我，是一件很自然的事情，我不能推辭；但是當口，我正忙著爲《中央副刊》策劃《趣譚》的出版，心力專注，無暇他顧，所以雖然答應了她的請求，而且我知道《群樹之歌》付印在即，序卻一個字也逼不出來，實在難以爲情。

我認識陳小姐，不過一年多，而由於文字結緣，交淺可以言深，縮短了彼此的距離；更加我們的交往，帶有幾分戲劇性，縱然只見得數面，説來話就長了。

上回輔導會邀請各報副刊編者訪問，連帶一個條件，必須推薦一位作家同往。在他們的意思，多一雙眼睛看得廣些，多一枝筆寫得多些，可以把榮民血汗凝聚的成果，和盤托出，陳列在世人面前，看看榮民們上馬殺賊，下馬造產的能耐。其時我回《中央副刊》不久，和作家們久失聯繫，猛然之間，想不出適當的人選，只得乞靈於稿費簿，在作者群中「掘寶」，打印象分數，由文取人，我掘得的寶就是陳幸蕙。

出發訪問的早晨，我先到小欣欣餐廳，有人問陳小姐爲什麼不同來，我說，我只和她通過電話，還沒有見過面。大家有點詫異，我推薦陳小姐，竟不認識陳小姐。於是旁邊有人幫腔，說她很溫婉，很含蓄，人如其文。後來經過三天同車同遊，憑著觀感，我寫了一篇〈文如其人〉，說的事就是這一回事，說的人就是陳小姐其人。這篇方塊發表以後，有讀者寫信來問，陳小姐到底怎樣？我是否看走了眼？我實在想率直對他說：老哥，你太忠厚，我眞看錯了，還會寫出來自討沒趣嗎？

幾個月前，陳小姐析賞了蔣捷的〈一剪梅〉，寫了一篇文章，在《中副》發表，引起了反響；她又寫一篇半說明半反駁的文章，親自送來，要我斟酌。我細讀一過，由於她年輕氣盛，態度不夠冷靜，措辭不夠謙和，我預料將激起更大的反響。怎麼辦呢？把她的語氣改得緩和些，而其行文縝密，牽一髮而動全身，將顧此失彼，一無是處；更嚴重的，如果第三者插手，還要有喪失原有的辛辣風味和立論精神，必然弄巧成拙；倘此時此地，從正面勸她不要發表，人在氣頭上，她又怎能壓下這股氣呢？反正副刊都是全身披掛，眞槍眞刀上陣——人要成熟，除了正規的訓練，還須加上痛苦的磨鍊，到得痛定思痛時，心智就算成熟了；成熟正是年輕的作家所需要的，所以我狠一狠心，就推她上陣，讓她去接受挑戰，讓她去接受磨鍊。果然，她這篇文章引來更大的反響，更多的議論，使中副豐收，足以出一本《一剪梅》筆戰專集。幾個回合下來，陳小姐雖不免有些苦惱，但她無怨無艾，因爲她有一枝健筆，她能在苦惱中冷靜下來，向清醇一路走去。

三月初，逛書店時，我買了一本《閒情逸趣》，是對明清諸子的小品文，加以分析和鑑賞；歸來翻閱，才發現析賞者三人，以陳幸蕙爲獨多。原來她對析賞下的工夫甚深，故有《一剪梅》析賞之作；另外，她對植物，無論是花、是草、是木，都能以神話的筆法，把它們作人格化的描寫，栩栩欲活，饒有詩意。由《閒情逸趣》，可見她的鑑賞力深入一層，高人一等；由《群樹之歌》，可見她創作的另一面，細膩有味，親切動人。前者是深入的成效，後者是淺出的結果。傅亮說的「識深冬潭，文豔春榮」，大約也不外乎此吧？

——六十八年六月二十八日於一匡草廬

# 文字緣

祝秀俠

三年前的一天，忽接一筆跡娟秀的女士來函，署名晚陳幸蕙，述及她是台灣大學中文研究所的研究生，以其碩士論文題目擬定是〈二十年目睹之怪現狀研究〉。這部小說作者是廣東南海佛山人吳沃堯，幸蕙女士爲蒐求有關史料，馳函問教。說來也覺慚愧，我三、四十年前雖在某大學講授過中國小說史，近年也在主編廣東文獻季刊，但對於這位清末民初的小說家鄉賢，所知無多。因吳沃堯雖是粵人，乃祖乃父卻久居京津，沃堯壯年南下至滬，賣文撰述，似少回鄉，故粵中對其生平事蹟不知其詳。以陳女士的下問，乃稍事搜求，並提示我所曾過目的若干資料。嗣後常有通訊，以她結業在即，課程忙緊，仍未謀面。半年後，陳女士通過論文，畢業也將論文惠我一冊，皇皇鉅構，達十餘萬言。我乃於某日函約到中山北路一餐館晤敘。其時她新婚不久，偕夫婿鄭賜榮君同來。鄭君亦台大土木工程研究所碩士，誠樸有禮；幸蕙則端麗嫻雅，堪稱一對佳耦。幸蕙特贈她所選註的明清小品賞析《閒情逸趣》一書，翌日我撰書「幸締良緣託心蘭蕙，賜爾多福邁向光榮」一聯致祝。——這是我認識這對青年伉儷的開始。

此後，她夫婦常臨舍下晤談，頓成忘年之交。區區是畢業於復旦早期中國文藝系的，既喜幸蕙爲同行，又欽佩其氣質學養，以此過從甚密，清芬所挹，頗解老朽寥寂。

這兩年來，她勤於寫作，短篇小說、散文、小品，連續在《中副》、《聯副》、《華副》等報刊發表。書評書目社以她〈昨夜星辰〉一短篇列入《六十六年短篇小說選》，這些作品，我差不多都曾過目，有些還加以剪存。她的作品清新雋逸，雖淡寫輕描，卻意境深遠，饒有韻味。她把握題旨正確，能從平凡的事物，賦予靈性，至有深度。如這集中所寫一系列的花鳥樹木器物諸篇，原是很平常的題材，卻寫來創有新意，不同凡響。幸蕙對於文詞技巧，顯見究心講求，一字不苟，因此雖屬一篇短文小品，亦使人有精金良玉之感。《中副》主編孫如陵兄對其文章至為欣賞，一次同席宴敘，和我談起幸蕙在《中副》所投各稿，稱其詞句精美，是從千錘百鍊中得來，非同率爾操觚。如陵兄的青睞讚賞，自是獎掖後進的長者之心，實也由於幸蕙寫作態度嚴肅，敬業精神所致。

《群樹之歌》是幸蕙第一本散文集，她要我寫篇序言，自愧是文壇上久已退伍的老弱殘兵，何敢當此；但幸蕙把全份校樣送來，無論如何要我寫幾句話，只好略述我們結識訂交的經過，也算是緣吧！

本集出版之時，恰逢這對青年伉儷的第一個寶寶也將出世。幸蕙初為人母，也是一種重要的任務，雙喜臨門，我謹致祝福！

——六十八年六月十五日台北

# 卷一

群樹之歌
群羽之歌
群光譜
群芳譜
可人篇
詠馥篇

# 群樹之歌

# 椰

人們常常奇怪，椰子樹究竟是如何長成的？好像從我們看它的第一眼開始，它就是如此不可思議的修長與挺直了。

在平靜綿延的海灘上，椰樹疏朗的身影，常映襯著藍天和碧波閃映的海面，勾起人許多遐思。

夏天，午後灼熱的陽光，喜歡把碧波搖晃成千萬面晶亮跳動的小鏡子，招引得人們瘋狂地奔向海灘。但那些陽光的把戲卻永遠不能迷惑椰樹；它們只是很有風度地佇立岸邊微笑。在海濱所有虛幻的熱情裡，唯有椰樹能保持清醒和沉默；在眩人雙目的明亮中，也唯有它們能適度地投下令人舒適的暗影，投下幾許清涼和溫柔的浪漫氣息。

椰樹，總讓人遙想起南方。

而南方，那是一個溫暖的名字；那裡似乎有永遠揮霍不完的陽光、永遠流淌不盡的蜜汁，還有一片片金沙似的海岸、一波波追逐而來的白浪、一群群喧嘩戲水的人們。追求青春的人，往往奔向陽光、奔向海灘、奔向南方，在濃郁的色彩、醉人的馨馥和刺激的遊戲裡，去捕捉生命的狂喜。

當然，青春是值得驕傲、值得炫耀的；但有時，青春卻似乎太膚淺囂張了些，於是在南方青春浮浪的世界裡，椰樹便扮演著一個修養溫和凝煉的沉思者的角色，以它的成熟穩健，殷殷照拂休憩在它腳下的男女，讓頭腦昏熱、劇喘未息的人們，得到一劑清涼。

海邊的繽紛不是四季持續的，生命的春天也有它凋逝的時候，當夏日退隱、弄潮的人們相繼離去，寂寞包圍著海灘，這時，游目四顧，只有那椰樹依然挺拔，只有它依然微笑，輕輕撫慰著被人遺忘的沙岸與海浪。

——六十七年十月一日《聯合副刊》

# 香椿

在菜場的攤案上，有一小束脆青透紅的軟葉，被橡皮圈輕輕紮起，放在最不惹眼的角落裡，默默地待價而沽。

今天清晨，它還未被割離自母體，它還在低矮的赭紅甎牆裡，遠眺第一線晨曦，享受涼潤的露珠滑過頸間的滋味。

然而，陽光還沒有普照大地，它就已經和著新鮮的露水被摘採下來了。聰明的人們似乎知道，夜雨的時分應該去剪取春韮，而清麗的早晨卻適合來摘採香椿。

當那個穿著土布衫子的村婦，把它放進肩挑的簍筐，汗水淋漓地越過田間小徑，來到這城市的菜場時，她並不曾奢望能從它這兒賺取一些什麼；的確，在那些驕傲的紫茄、潑辣的紅椒、鮮黃小巧的玉米筍和碧綠碩大的絲瓜之間，它是最不起眼也最廉價的。所有吸引人的果菜瓜蔬都可能被搶購一空，但只有它不是熱門，它只是樸實而清新的一束——香椿。

是的，香椿！它有個好聽的名字，但卻並不一定討人喜歡。厭惡它的人，常常詛咒它獨具的苦香，覺得它令人頭暈；而喜愛它氣味的老饕，對它也沒有太大的好處——常常，在餐廳飯店後側的廚房裡、砧板上，水般的快刀會把它剁成碎末，然後，熟練的師傅便和著軟白的嫩豆腐、泡透的乾蝦米和幾滴清香的蔴油，把它拌成爲令人滿意的一碟小菜。

香椿的嫩葉，永遠長在樹梢的頂端，摘了又長、長了又摘，似乎頑強地在和人們玩著一場永不終止，永不洩氣的遊戲。因此，在人類的市場上，它的價格雖是卑微低廉的；但每一個摘採香椿芽尖的人，心裡都明白，他們永遠征服不了香椿；並且，每當他們一再被挫折攻擊的時候，也常常從香椿愈摘愈長、生生不息的榜樣中，得到無價的啓示。

——六十七年十月二日《聯合副刊》

# 木瓜

小巷的兩旁，是扶桑圍成的矮籬；矮籬所圈起的，是一方小巧自足的庭院。風定日斜的午後，庭院裡，深綠色的木瓜大葉正平妥自如地舒展開來，在黃土地上鋪下一張又一張雪花似的淺蔭。淺蔭之中，偶爾某一家的公公或爺爺，會穿著圓領的白色汗衫，靠著藤製躺椅，很恬淡悠閒地看報、打盹，或是很有興味地盯著才讀幼稚園的孫兒孫女，就在不遠的地方拿小鏟挖砂、堆築城堡，或是玩「跳房子」的遊戲。

夏天的風，有時並不那麼炎熱；夏天的陽光，有時也並不那麼炙人。尤其在這小小庭院之中，在開滿白花、結著果實的老木瓜樹底下，天倫樂的滿足似乎告訴了我們：日子是太平的，人間是幸福的。

木瓜樹羽狀的大葉，便常常這樣在南台灣小康家庭的後院裡，撐起一把綠色的傘；

雖然，整個木瓜樹看起來實在不夠英挺漂亮，但它卻是那麼樸實懇切，像一個溫厚的忠僕，永遠無言地追隨它的主人；它不以動人的外貌去吸引追求物質的心靈，它只在嚮往家庭溫馨的人們心中，以守護者的姿態出現。

據說木瓜樹分成雌雄二種。雌的會結果，雄的卻只開潔白的小花。有經驗的人常說，只要拿起一根長針，從雄性木瓜的中段刺過，它便會結果了。我常常面對默默無語的木瓜樹，不知道應該嘆息人們竟有這樣聰明古怪的「變性」知識？還是同情無辜的它們，爲了滿足人類的需求，而必須遭受穿刺之苦？

在許多人心目中，木瓜樹往往已不只是一株果樹，供應著營養鮮美的果實而已。在公寓櫛比鱗次的大台北，已少有有庭院的人家，更少有欣欣向榮的木瓜樹了；於是，過去在中南部老家度過美滿而無陰影的童年，現在卻滯留大台北討生活的人們，木瓜樹便在他們的潛意識中，形成一種象徵；在每一個朝南的夢裡，在每一次追溯童年歡愉的回想中，伴著那篤實堅固的水泥平房、黃土庭院，以及亞熱帶黃銅似的陽光出現的，常常不是別的，而是忠厚懇切、含笑俯看人間天倫的木瓜樹。

——六十七年十月四日《聯合副刊》

# 槭

人們厭惡模倣、厭惡似是而非的東西。

因此，當喜愛楓樹的人頓然發現，他們一直所喜愛，所珍藏的「楓葉」，竟只是槭樹的葉片時，往往會有一種受愚受欺的感覺。從此以後，他們不願再在槭樹之下停留，不願再興致勃勃地收集葉片夾在課本或筆記簿裡；但偶爾帶著女朋友走過槭樹，他們倒是會以一種很權威的口吻對身邊的女孩說：

「知道那是什麼樹嗎？那是槭樹！

不是楓樹，不過，它們很像……。」

然後，一逕踩著落葉去了。

槭，的確像楓，尤其它們的葉片，都裂成那麼細緻而有韻味的掌狀，常隨著微風撲簌簌地自枝頭委婉飄落。不過，楓葉在秋深時會醉成酡紅或幻化出耀眼的金黃來；而槭葉卻不能。也許，正因爲人們醉心於楓葉悅目的多變，因此，當他們發現，終日仰望、期待的脆薄槭葉，卻永遠只在由淺而深的綠色中輪迴時，他們憤慨地不願去承受那份失望。

其實，槭的故事並不是似是而非、魚目混珠的翻版，那該是另一則「橘逾淮而枳」的身世，是我們人太苛求它了。在這個四季如春、沒有霜雪的海島，我們怎能奢望槭在溫暖中也泣血吐金？更何況它玲瓏的外型，有時也確能讓我們享受欣賞楓葉的情趣呢！

楓和槭，應是極近的姐妹；當姐姐缺席的時候，除了妹妹，還有誰更能代替姐姐登場呢？

——六十七年九月二十六日《聯合副刊》

「聯副六十七年度散文選」入選作品

# 鳳凰木

如果，你坐上南下的火車越過稻畦齊整的嘉南平原；如果，在藍天白雲、綠樹金穗之間，有一團鮮麗的火，驀地燃燒進你的視網膜，令你眼球觸痛、心頭震撼，哦，請你暫時不要驚慌、不要詫異，也不要離座而起吧！因爲那一片無可取代的殷紅，只不過是熱情的鳳凰木，在突破七月浩瀚的綠意後，盡情地噴吐它們生命的菁華罷了。

鳳凰木的樹幹，常都是粗壯、結實的；在春天、秋天和冬天，黃褐脆薄的樹皮，和一樹淺綠稀疏的碎葉，使它們看起來是如此的平凡、如此的缺乏特色；然而，一到夏日、一到六月，淺綠的葉色便聚成深碧，稀疏的碎片也密集起來，豆般的花苞打在枝頭，像一粒粒綠色的子彈，彷彿正準備發動什麼攻勢；然後，當七月的豔陽一點起火，所有飽滿的彈粒便都「噗」地一響裂開，爆出鮮紅的蝶形花朵，形成夏日嘉南平原上一則驚心動魄的傳奇。

雖然，鳳凰木的燦麗，正如劃空而過的流星，是短暫的；雖然，它只有一個夏季的奉獻，但它卻奉獻得那麼深、那麼痛、那麼煊赫、那麼徹底！

平凡的樹，竟也能開出那樣不平凡的花；那麼，平凡的人呢？

在春秋冬三季，鳳凰木是退隱的、自甘淡泊的，它把光榮讓給工於心計的桃李、笑傲秋霜的菊花，以及崢嶸俊逸的松柏；但在夏天，在蟄伏了三個漫長的季節以後，它終於在不動聲色地準備下，以「舍我其誰」的姿態出擊，完成了一年一度的壯舉，讓踏出校門的學生，永遠在心坎裡，烙下一道抹拭不去的火紅印記。

當農曆上「大暑」的節氣已過，「白露」即將來臨的時候，鳳凰木令人心跳的火紅，便逐漸消褪，隱去，終至不復可見；這時，清淺的秋光薄薄地籠罩著田野，稀疏的樹影下，卻只有幾個頑皮的小孩，撿拾垂落的大豆莢當關刀嬉耍了。

——六十七年十月五日《聯合副刊》

# 油加利

許多樹都讓人想起陽光，但油加利樹卻令人不自覺地聯想起月色；這也許因爲它的葉子是墨綠的——一種近於夜的顏色；而且，當一輪滿月自油加利樹後緩緩升起時，那種莊嚴高華的浪漫，也常令人忍不住要癡癡地諦視它們良久，甚而忍不住雙掌合十，許下心願。

因此，油加利樹是屬於月的，這正如曇花只屬於午夜，而晚香玉，只屬於露台上某一個令人心旌搖曳的春宵是一樣的。

許多夜晚的樹，常令人覺得恐怖陰森，但令人鍾愛的油加利卻是唯一的例外；這除了它常伴滿天星月的意象出現在人腦海之外，更因爲在油加利樹下，我曾接受生命中第一句洋溢幸福的許諾，直到今天，那心湖盪漾的感覺，仍令人無法忘記。

學生時代，宿舍圍牆外，種植的便是一排齊整的油加利。白天，常有一個修補皮鞋的老人在樹下孜孜工作著，灰白的髮絲，使他的眼神顯得慈祥溫和。我曾經從他手中接過修補好的皮鞋，也同時接過一份缺陷被縫綴成完好的喜悅。對於老人，我始終懷著感激和敬意；只是，我不能明白，爲什麼到了白髮皤皤的晚年，他還得辛勤地在外工作？如果他也有孫女，是不是也應該和我差不多大了？……老人多皺的臉孔後，一定隱藏著一段滄桑淒苦的故事，因此，在我付出那少得令人臉紅的酬勞時，也同時付出了一份無言的關懷。

夜晚，當老人離去，油加利樹下常徘徊著站崗的男孩；在等候女孩的神色中，有幾分焦灼，也有幾分喜悅。但不論如何，油加利樹下的男孩，總是那麼眞誠、熱切、體貼而微帶怯意；於是，油加利樹下的愛情，便也總在甜蜜、安全和歡愉的氣氛下開始……。

如今，油加利樹下的幸福故事仍在繼續，它或早或晚都會出現在每個人生命中，不是今天，便是明日；不是此年，便是彼歲，只要你耐心等待、守候。因爲，油加利樹下的幸福結局，並不是不著邊際的神話，就像油加利樹只屬於月而不屬於陽光，並不是無稽的傳說一樣。

——六十七年十月六日《聯合副刊》

# 竹

竹是一種可比鄰而居、可與它相對靜坐一整個下午也不致令人疲倦的植物。

竹是含蓄的、豐富的、優雅的、祥瑞的。

任何人在任何時候、任何地方，都能從竹這兒得到一點啓示、發掘一些美；即使是月明之夜，在棉紙糊就的小軒窗上婆娑作畫的竹影，也依然能引逗人的遐思。

豪放的人物，可以爲拔地而起的擎天巨竹動容；婉約的人，也能從垂綠展碧的疏林瘦竹中，得到欣賞上的滿足。竹，可以是陽剛的，也可以是陰柔的。

它可以在高山上撐起萬竿青蔥，也可以臨溪照水、投下修長的影子。在無人的空地上，竹常自得其樂地圍成一片蒼綠的幽篁，而傍著庭院生苔的青石，它往往有意無意地在風中勾勒出一幅精緻的水墨小品。

百草千花經不起斜風細雨的摧折，它們常顯出一種溼淋淋的狼狽與瑟縮，但雨竹卻瀟瀟有致；凌風的竹枝竹葉也能恰如其分地顯出它俊挺的勁節。

據說，雪竹格外有一種安詳的美。當霏霏雪屑積攢在竹葉上，攀附在枝節上時，遠遠望去，便完全是玉砌銀粧的一片瑞意，天地也彷彿明潤起來。雪竹的世界是潔淨的，但並不寒冷；穿著暖暖的棉袍，袖手在雪地上看竹，常令人有一種昇華的幸福的感覺。

至於霧中深竹，意外地，並不讓人產生恍惚朦朧的印象。從竹林曉霧中穿過的人，往往是做了一次最澈頭澈尾的薰蒸沐浴；你可以發現他眼神格外盈亮、額頭格外清朗、表情格外莊穆。在不沾塵埃的平旦之氣中，霧裡看竹的人，找到了他內心的澄澈與悠遠。

而霧散之後，我們心安地知道，陽光普照下的竹林，又是一抹隨風翻飛的晴翠，彷彿朗朗乾坤中琳瑯有聲的風鈴薄片。……

竹，便是這樣一種「君子不器」的植物，「不畏春殘，不怕秋寒」，宜風宜雨、宜雪宜晴、宜曉霧宜月夜；它永遠不受天時地利的影響，也永遠不需藉助背景的扶襯，就能表現自己的俊逸不俗。所以國畫裡的墨竹，不同於其他繁麗多工、五顏六色的花卉，簡單的幾筆枝葉，就足以烘托竹的風骨氣韻。

世界上沒有一個民族是像中國人這樣愛竹、欣賞竹、樂意與竹親近的。

當文與可說「何可一日無此君」，當蘇東坡說「寧可食無肉，不可居無竹」，當鄭板橋慨然嘆竹「風中雨中有聲，日中月中有影，詩中酒中有情，閒中悶中有伴」時，竹在我們心目中，幾乎已經不是一種植物，而成了我們精神上的知己了。它為我們提供了立身處世的最佳典範，豐富並生動了我們文學藝術的題材，並且添加了我們生活中平實清新的小趣味。

當每年的竹聲四起，我們便深深感謝那第一個把炮仗稱為「爆竹」的人。

據說，燃爆竹節發出的劈啪之聲，和炮仗作響是完全一樣的。於是，那位敏銳聰明的小市民便點石成金，把這種在古老戰場上原是嚇阻性武器的「炮仗」，易名為饒富意境的「爆竹」；世世代代，爆竹便綿綿不絕地在我們的節慶中，爆出高潮，也爆出它應有的喜氣與熱鬧。

所以，臘末歲初，竹的祥瑞，是不亞於起「壽」字「福」字團花的大紅灑金春聯的。

竹報平安，年年竹報平安！

如今那太平盛世的喧譁，那樣溫暖親切的聲音，又在耳邊響起了。

只要竹在，我們知道，祥瑞就在，平安就在！

——六十八年一月三十日《聯合副刊》

# 柳

從來沒有見過那麼嫵媚，那麼女性化的樹，在風裡、在陽光下，極有韻致地款擺著柔韌的枝條。這應是二十年來，第一次見到眞正的柳吧？

並不是不曾見過柳！

兒時，和遊伴們玩「家家酒」，最愛採柳葉上的「粽子」。所謂「粽子」，便是俗稱的「青眼」，是寄生在柳葉上的小蟲，蜷曲起自己，把葉尖翻過來，所形成的一個小巧如粽的棲身之地。我們都愛舉起白白胖胖的小手摘採它；童年天眞的日子，那不識愁滋味的亮麗時光，便在柳樹的庇蔭下，吱吱喳喳地越流越遠，終成爲永恒的過去。

直到長大，開始懂得在教室裡，支著腮，出神地聽地理老師說起江南柳，開始回家纏著爸爸媽媽，告訴我們更多故鄉的風土人情，開始懂得在古人詩詞裡，去尋找柳的象徵意義；驀然回首，才發現童年所見的柳，樹身太粗壯，枝條太枯短，葉片太寬闊，那不是具有秀逸氣質的眞正的柳。雖然，仍然喜愛童年時代的柳，但卻像一個乳娘哺育長大的孩子一樣，他在夢裡，也只想去尋找眞正的母親。

終於在學校裡，意外地發現了這排耐人尋味的柳，帶著欣喜如見故人的心情，特意從樹下走過，一任那溫柔的枝條，熱情地把妳重重纏住；卻可嘆這美麗的行列，深植在電機館前方，每天默默無語，面對莘莘學子，懷抱著電子計算機卡，進進出出。柔細纖長的枝條，直垂到地面，在堅硬發白的水門汀上，來來回回磨擦著，心底遂千般情緒湧起，只忍不住想輕撫它，悄悄地問：「痛不痛呢？」——柳，原應和水是兄弟的吧？感覺上，它們似應立在一方池塘前，和微風嬉耍，顧影自憐，寫著一圈一圈的漣漪，或是在十里長堤之畔，籠起一團綠色的朦朧煙霧的……。那麼，這些柳也還不是眞正的柳了？眞正的柳，應在江南；眞正的柳，如爸媽所說，應在老家後院那口牽著長長汲水細綆的古井旁吧？

讀過老殘遊記，很喜歡「家家泉水，戶戶垂楊」的描寫，只因爲淺淺數筆，便把濟南城勾劃得好清新、好雅潔。而杭州西子湖畔，那白堤、蘇堤，一排如煙的綠柳，點綴著湖光山色，梵音嬝嬝，又是一幅如何明豔動人的江山如畫啊？闔起書本、掩上畫冊，對故國山河的懷念，總因這些淡如輕煙的鄉愁所引起。雖然二十年來，始終生於斯、長於斯，並未接受大動亂時代炮火的洗禮，然而，承受悲壯沈痛的歷史事實，我們依然嚮往那一大片原應任我們馳騁徜徉的江山；我們的去國之思、懷鄉之情，比起柳條，還更綿長，比起綠煙，還要淒迷。我們愛柳，卻又不能不對著柳條在心底垂淚。

……

誰能不愛柳呢？告訴我，身爲中國人，誰能不珍愛心底那棵緊抓著故鄉泥土的柳呢？

——六十五年一月二十九日《新文藝副刊》

# 芭樂樹

院中的芭樂樹，形銷骨立，已有數年，每當我從窗口望出去，或是從它身邊走過，內心總充滿無限的惋惜和「逝者如斯」的感慨。「啊！可憐的芭樂樹，」我常想，「難道你的生命已到盡頭，再也不抽一枝嫩芽？不長一片綠葉了嗎？」

猶記那年，我們全家搬到這兒時，我才只有初三，而那棵芭樂樹，已經就像個小衛兵似地，挺立在院中等待我們了。我興高采烈地跳到它身邊一比，它只不過齊我肩膀而已。那時，正在盼望長高的年齡，竟然發現有比我還矮的樹，內心立時染上一抹揮之不去的得意，並且，也在不自覺中，對它產生了一份特殊的親切感，覺得我們是一起成長的朋友。

以後的兩三年，芭樂樹似乎在我忙碌的世界中，被遺忘了。在那一段不知天高地厚的日子裡，我先是忙著考高中，而僥倖地進入了理想的學校後，頻繁的學校活動、沉重的課業負擔，把我的生活內容塡得很紮實，空閒的時間並不多。每天，我一放學回家，扔下書包後第一件事，便是打開冰箱找吃的東西，一邊吃一邊看報。要不，就在那個蒸氣瀰漫的小廚房中，跟在母親身後打轉，把學校裡某老師的趣聞、班上發生的大事（其實，現在想想，實在只是些瑣碎小事），興致勃勃地說給媽媽聽。等到晚飯燒好，桌上擺滿了整齊的碗筷時，已是萬家燈火的黃昏了。誰也不會想到要去院子裡巡禮一番，或去看看那棵可愛的芭樂樹到底如何了。

匆匆吃畢晚餐，我走進自己的書房，扭亮案頭檯燈，往往就是讀到深夜。那時候，我最頭痛的功課，便是數學。常常，我把數學習題簿攤開來，絞盡腦汁，咬著筆桿想了一夜，面對艱深的題目，作業本上仍然是一片令人失望的空白。在灰心喪氣之餘，我總忍不住用手托住腮，側著頭，向窗外那黝黑深邃的世界望去，雖然什麼也看不到，但唧唧的蟲鳴，柔和而細碎的沙沙葉響，在夜深人靜的當兒，透過綠色的窗紗而來，倒使我平靜清醒不少；至少，不覺得那麼寂寞，那麼無可奈何。說也奇怪，很多難解的排列組合、三角函數題目，都是在這種心平氣和的時候，突然靈光一現地迎刃而解。於是，一陣快樂興奮襲上心頭，帶給我莫大的鼓舞，又引起我繼續和數學「奮鬬」的興趣了。在那段燈下苦讀的日子裡，我怎麼也沒想到，默默無語立在窗外，始終陪伴我夜讀的，竟是那株和我一樣，都在成長、都在向上提昇的芭樂樹。

高三畢業，時序進入濃密溫熱的初夏，當我又面臨一次更激烈的競爭之際，有一天，在無意之中，我從窗口一眼瞥見芭樂樹，竟發現它已成長爲一株亭亭玉立、綠葉榮滋的大樹了。那些伸展的葉片、青澀如豆的小果、不漂亮但卻開得很燦爛的花朵，竟像見到老朋友似的，都在陽光裡，含笑向我招手。我放下手中英文單字，走到樹下，一樹枝葉，便像一把纖巧別致的綠色小傘，撐在頭頂。偶爾，微風過處，樹影晃盪之際，篩下來的一兩片陽光，在眼皮上跳躍，那種恍惚的感覺，喚起了一個遙遠而迷人的回憶，彷彿當年那個鼻尖冒著汗珠、神采飛揚的女孩，就站在我的身旁，忙著和芭樂樹一比高矮……我猛然一驚，環顧四周亮麗得逼人的陽光，想尋找什麼失落的東西，卻不期然地想起了前人的詩句：「可奈光陰似水聲，迢迢去未停」，的確，就在一連串的不知不覺中，時光流走，當年的那株小樹，已然進入「綠葉成蔭子滿枝」的黃金階段，而我，也已成爲一個少女，有著自己的夢幻與憧憬，不再是當年那個少不更事的傻丫頭了。成長！成長！我當時想，在無限的時間裡，生命的意義，或許就在於這許多有形、無形的成長吧？

大專聯考以後的日子，生活是清閒而愜意的。雖然南台灣的夏日，陽光總特別耀眼，但是，懶洋洋的午後，在一大片深濃的綠意之中，偶爾自牆外傳來幾聲心血來潮的雞啼，倒令人覺得一切都是幽靜、安詳的。我很喜歡在午睡方醒、還覺得有些昏昏然的時候，拉開紗門，走入院中，隨手摘一個即將成熟的芭樂，用抽水機的水，把它沖洗乾淨，然後，就坐在院子裡那塊高起來的水泥台階上，一邊享受新鮮脆嫩的果實，一邊任午後的涼風，吹動我的衣角和頭髮，滌盡萬慮；在炎炎夏日之中，這實在是最令人心醉的時刻了。

聯考放榜以後，我終又如願以償地進入T大。那年九月，懷著一份新鮮人對大學生活的嚮往，和父母殷切的叮嚀，我首次離開了生長十七年的家，從南部那個陽光普照、淳樸無華的小鎮，來到這熙攘擁擠、喧嘩熱鬧的大台北。雖然，霓虹燈閃爍的十字街頭、貨品琳瑯滿目的商店櫥窗，五光十色地，充滿了太多的誘惑，令我覺得萬分神奇。但是，繁華並不能爲心靈帶來踏實的感覺，我依然懷念南部的風和日麗，以及那兒的清新寧靜，尤其在內心深處，最難忘的，還是家裡那個克難的大院子，以及院中的芭樂樹，在回憶之中，這簡單拙樸的一切，總令人覺得格外溫馨、親切。

大一寒假時，提著沉甸甸的行囊，擠返鄉專車，終於回到睽違已久的家，內心有說不出的喜悅。我放下手中行囊，興奮地來到院中，啊！階前的冬青，依然翠綠，沿屋而種的蔥蘭也長滿花苞，即連那兩株春天才綻放的玫瑰，也都在暖融融的冬陽裡盛開著，一切都沒變。但是，我抬起頭——芭樂樹卻枯萎了；凋零的葉片，落得滿地，光禿禿的枝枒，不聲不響地在風中微顫，顯得那麼衰弱無力。這和我離家時欣欣向榮的樣子，實在是判若兩「樹」。我在心底悄悄地搖頭，感慨它燦爛的生命，如此短暫，在我的心目中，它應該是後凋的。

媽媽見我不勝惋惜，便告訴我，在我返家前一個月，爸爸因為處理一堆鏟除過的雜草，在芭樂樹附近空地上，點火燃燒，希望把它們化為灰燼後，當作肥料。卻不料因為風向的關係，濃濁的白煙，全都撲向芭樂樹，然後又穿過芭樂樹枝葉，向上昇起，就這樣整整高溫燻烘了一個鐘頭，原以為無甚大礙，卻沒想到第二天，一樹綠葉全都變黃了。

「多可惜啊！」我在心底想，「一定是把它生命的泉源弄枯竭了，不然……」媽媽看我默默不語，又安慰我說：「現在天氣比較冷，這種夏天的植物在冬天，總這個樣子的。看看三四月間，天氣變暖的時候，它還會不會長出新葉子來？」我把前額倚在窗櫺上，注視著盎然的玫瑰，對於未來的這個春天，忽然充滿了無限的信心，我深深相信，眼前的芭樂樹，只是冬眠了，在漫長的冬日過去以後，它終將脫胎換骨，以另一個嶄新的、我喜愛的面目出現。

但是春去夏來，多少次窗前的張盼，芭樂樹卻讓我失望了——是我對它的關心，付出得太遲了嗎？我常自問。從此以後，它就一直乾枯地立在院中，即使枝幹仍如往昔一樣挺直，卻始終沒有再爲我們的院子帶來一點綠意。倒是大二暑假，曾經有一對腹部灰黃的鳥兒，選中它的枯枝，築了一個小巢。那兩隻啁啾的小鳥，終日進進出出，相互追逐、嬉戲，時而發出婉囀清脆的啼聲，著實令全家人高興了好一陣子。然而，好景不常，七、八月間幾場大雷雨，沖刷了這個沒有任何掩蔽的愛的小巢，那一雙出入相隨、自得其樂的鳥兒，也不知飛向何處（但願它們安然無恙），只留給我們無盡的悵然。以後，芭樂樹就再也沒有伴侶陪著它，而家人也都因各忙各的，時間一久，對這株在院中已呆立許久的枯樹，也就逐漸淡忘了。

如今，媽媽利用它來當晒衣架。每天早晨，將長竹竿的一端放在牆頭，另一端架在槎枒的樹枝間，於是，一竿衣服，就在陽光下迎風招展起來了。每當夕陽西下，我去院中收下那乾爽潔淨的衣服，或坐在水泥階上沉思時，總忍不住要多看芭樂樹幾眼。因爲它雖已枯萎，但並未腐朽；結實的樹幹，依然挺立，乾枯的樹枝，依然峥嶸地直指蔚藍的天空，一副不屈不撓的樣子，或許，它也在懷念昔日的風采，和逝去的歲月吧？隨著芭樂樹，我的思維常常落入更深的回憶裡。童年和少年時代，那一段色彩鮮明的日子，常隨著一個立在芭樂樹旁的天眞女孩，跳躍到腦海裡來。我多麼希望，自己永遠擁有那樣一顆單純的心，並且對生命，也永遠懷著那樣無限誠摯的嚮往啊！雖然，芭樂樹已矣，再也沒有起死回生的可能，但對我而言，它卻是株長青的小樹，永遠屹立在我心頭！

——六十五年九月《中央副刊》

# 群羽之歌

# 麻雀

一個初秋清晨，當稀疏的陽光正在天地間刷上一層薄薄的亮釉時，公路旁那片玉蜀黍田地裡，已經有幾個戴斗笠的農婦，在忙著收割了。

飽脹著玉米顆粒的花軸，似乎承受不住成熟的喜悅，已突破緊密的淡綠籜殼，從尾端吐出絲絲金色的穗鬚來；空氣中到處有豐盈的甜香充溢，惹得電線桿上原本只是閒閒地排出五線譜來的麻雀，興奮得再也無法安靜下來；終於，在一陣熱切的啁啾之後，彷彿是同意了要完成一次華麗的冒險似的，小小的翅兒一張，第一批大膽的探險者便紛紛降落在玉米田裡了。

而農婦，竟也只是寬容地笑著搖搖頭，任它們啄食那掉落地上的玉米顆粒——在收穫的時刻，爲什麼不該是皆大歡喜的呢？與其讓酥軟的黃泥土，空立著一行行整齊的斷桿，不如讓它鋪滿忙碌、快樂的三爪足印吧！——於是，五線譜上的音符，便因著麻雀不時的往返穿梭而開始變換，彷彿就眞有那麼一篇生動的樂章在藍天綠野之間跳躍，做著即興式的演奏；而那群棕褐色的跳動音符，遂成了清淺寧謐的秋光裡唯一活潑的點綴了……。

雖然，麻雀並不是很討人喜愛的一種鳥，它們卻始終和人們維持著較親密的關係、較近的距離；公路旁、校園裡、陽台上，到處都有它們的蹤跡，它們似乎是鳥中的小精靈。

許多其他的鳥兒往往對人存著過敏的戒心，以至於懷著善意、想去親近它們的人，常因鳥兒的驚走油然而生被誤解的失望，以及情誼被拒的惋惜。

但麻雀卻不這樣。當它們微偏著圓圓的小腦袋側身傾聽，便似乎能正確判斷走近的足音是不是危險的？而當那帶有幾分戒備和考慮的小眼珠子滴溜著轉動時，也似能伶俐分辨來者是善是惡？是凶是吉？在所有我們可見的鳥兒中，麻雀大概是最大膽、最慧黠、也最能猜透人心的了；它們若無其事的開朗、逍遙自在的跳躍，以及對人類所付出的較多的信任，常使我們感到心安、輕鬆，也使我們有一份被接納、了解的喜悅。

從來不曾有人把麻雀囚在籠裡餵養，這固然是因爲它沒有鮮麗的彩羽、不會發出婉轉的啼聲——沒有其他鳥兒所具的任何「視聽」上的價值，是一種莊子所謂「無用」的鳥，但最大的原因，應該是它從來不曾遠遠避開人類。

的確，在我們心目中，麻雀是一種最不帶神祕色彩的鳥兒，任何時候，只要我們一打開窗，便可見到它小巧的身影、聽到它平凡的吱喳聲；它俯仰自如地生活在天地間，我們無需擔心它逃走、隱遁，它永遠不會自我們視野中消失，於是，與人類的接近，竟反而使麻雀獲得了其他鳥兒所獨缺的免於樊籠的自由。

# 鴿

鳥和人的關係，大都是僵持的、緊張的，只有鴿卻不是。

從許多動人的風景圖片中，我們常可見到寬闊的廣場上，有白色的教堂尖頂指向天空，古老的時鐘悠緩地透出典雅的中古情調，行人步履從容、神態舒閒，而廣場上安然自若、與人和平共存的，便是休憩中的鴿群。

它們有的正低頭刷舐羽毛，有的任意停留在女孩肩頭，有的則正從笑瞇瞇的小男孩掌中啄取食物。

在這樣的時空中，物我兩忘，人鴿互不傷害、互不相妨，驚懼猜疑也全不存在，因此，即使不需言詮，任何人也都可深切地領悟到，爲什麼鴿會被視爲和平的象徵。

鴿子那圓胖溫厚的體態，使它看來似乎特別具有母親的氣質，它的形象柔和、完美，而它忠實、溫馴的性格，也實在使人樂於與它親近。

在台灣，一般養鴿人家都在屋頂上，堆疊起一個小閣樓，做爲鴿子的棲身之所。養鴿人通常都喜愛早起，他們迎著朝曦，站在閣樓頂端，把「咕、咕」輕叫的鴿子釋放出來，讓它們在這個初醒的島上盤旋、遨遊，享受飛行的自由，和作爲一隻鳥兒俯瞰大地的快樂。

養鴿的人和鴿群之間，似乎永遠有著最完美的默契存在；無需殷殷叮嚀、不必苦苦企盼，當黃昏的晚霞滿天，離去的鴿子一定又出現在閣樓頂端的天空，作降落的準備。沒有人知道它們在一天之中去了那裡？經歷了些什麼？但有一點可以確定，那便是不論外面的天地多麼寬闊誘人，只要時間一到，它們一定飛向歸途，並且是忠誠不渝、平安樂意地歸來。

養鴿人常站在閣樓頂端，揮動著紅色的布條，指引鴿群做正確的降落。落日餘暉總把他矗立樓頭的身影襯托得有幾分蒼涼與孤獨。

而實際上，他卻是最不孤獨的，因爲，既有忠實的鴿群在四周熱烈飛繞，富足而充實的心靈還缺什麼呢？

也許，有些愛是沒有語言的；也許，有些溝通也不需任何解釋；眞正的感情可以建立在人間，也同樣存在於人與物之間，只要養鴿人那不靡功利色彩的耐心與關愛永不衰竭、只要廣場上餵鴿的小男孩眼中那一抹盈盈笑意永不消失，和平便不是奢侈的夢想。

# 燕子

燕子是一種很中國的鳥，剪尾的身影常輕盈地穿梭在典雅的唐詩宋詞中，也曾出現在老奶奶八寶箱底那色澤如新的軟緞枕面上。

當我們臨窗而坐，簷前的風若有若無，古老泛黃的手卷上所羅列的，是精心雕琢的語句，是一個迢遙時空裡的悲歡離合——雖眞切，卻已模糊。然而，當老奶奶在向晚的黃昏，輕搖蒲扇，細述坎坷的往事，雖然，所有的哀怨與苦痛已無關緊要，但那以一生血淚串成的辛酸，卻紛紛搖落在另一片敏感欲泫的心田裡，不再是文學上動人的裝飾了。

哦，

微風燕子斜，細雨魚兒出。

爲什麼太美好的東西總是容易破碎？爲什麼最柔軟的心靈總最先遭到傷害？而燕子，燕子，你那烏光水滑、輕盈俏麗的身影，爲什麼總是無端引起一個孤單女子的輕愁？

當江南三月的柳條，無力地低垂在河堤上，輕籠起一團綠色的烟霧；當纏綿的呢喃，猶幸福地縈繞在耳畔；羞澀與喜悅匯成一股暖流……，小樓上，慧心巧手，針起針落，如水的月白軟緞上，五彩絲線繡就的便是那穿柳的雙燕。然而，當有限的青春隨韶華流走，爲什麼比翼雙飛的輕夢也殘褪了？

無可奈何花落去，似曾相識燕歸來。

人世間的滄桑矛盾與悲歡離合，應不是如錦的春光裡欣然築巢的燕子所能理解的；堅強貞潔、昭然若雪的一片冰心，又豈是不耐冬寒，徵逐春暖的燕子所可想像？

但，有朝一日，如果能夠，我仍願一借燕子那趨吉避傷的利剪，把世間所有的苦難鉸去。

# 雞與雉

雞，已不能算是一種鳥了；雖然它們也常踮起足尖、搧撲兩翼，躍躍欲飛；或者登上較高的土阜小丘，臨風而立，似乎在沉思以往翺翔的舊夢，但那畢竟是很渺遠的往事了。

它們的祖宗在很早以前就投向人間，依存人們生活；而既然歸順別有用心的人類，它們勢必要放棄某些稟賦和權利，比方說——飛，因此，如果要說起會飛的雞，我們只能找到雉。而事實上，這樣的區分也實在是很勉強的，因爲，就意志與選擇來說，它們實在是不同的兩種類型。

的確，雞是較爲軟弱、較易妥協的。一把漂亮的白米，就可以誘惑它們自動走入樊籠；無知和軟弱，終只使它們淪爲普通的家禽而已，沒有海闊天空的一生。

但雉卻不然，它們具有濃厚的山野氣息，堅強而有所執著；它們寧可在清冷的林間挨餓受凍，也不願皈依人間，在穀食無憂、但卻喪失自由的狹窄天地中做個順民。它們似具有鳳凰「非松柏不棲」的孤傲，也有著像鳳凰一樣鮮麗修長的尾羽，終年閃著桀驁不馴的光彩；雖然人類有槍、有白米，但子彈的威脅、穀粒的利誘，永遠也無法使它們屈服。

如今，雞也想飛，但無論它如何搧動雙翅，退化的羽翼已使它再也飛不出人間，它們注定了要任人宰割，當年那錯誤的選擇所造成的遺憾，竟永遠無法再彌補了。因此，雞和雉的不同命運，似乎可以給我們一個很好的啓示，那便是，有許多稟賦和權利實在是不能輕棄的，因爲，一旦你失去它，也許，就永遠失去它了。

# 鷹

英雄，決不成群結隊行動；英雄，永遠是孤獨的。

森林中具帝王氣象的獅虎如此，而藍天之上悠悠滑翔的漠漠蒼鷹也是。

鷹，是鳥中的獨行俠，是流浪雲端、心如鐵石的硬漢。它不屬於平坦如茵的綠色草坪，也決不在柔軟豐茂的枝條上停留；當它休憩棲息的時候，它只選擇崇山峻嶺，只選擇紅土飛揚的高原和黃沙滾滾的野漠。

從來不會有一種鳥的眼神像鷹那般冷漠神祕，也從來不會有一種鳥，當它俯衝下來時，那疾勁如矢的氣勢，如此揚厲、如此震懾人心。所有的鳥兒都怕鷹，怕它無情的腳爪、兇狠的鉤喙；因此，當它不聲不響地開始在平地之上盤桓，彷彿便有一種不祥籠罩下來，附近所有的小動物，都會驚惶地互相警告，並且立刻藏匿、走避。

應該不會有女人對鷹發生興趣，豢養獵鷹的人，大概也很難從鷹這兒享受到逗弄鳥兒的愉悅；它不是供人把玩的，那似乎是太褻瀆了它。當它昂首傲立獵人的肩頭，那穩若泰山、凝固靜止的神態，也確實使它看來尊嚴且高貴；而當它發現目標，受命出擊的時候，那一飛沖天、翻騰躍起的利落，卻又常令人傾心不已。

但，鷹不會屬於任何人，它也沒有一個溫暖的故鄉；它只是目極八荒地在浩瀚的天地之間流浪，永遠不屑結伴翺翔。那棕色的身影，龐大而倔強；那滾圓的雙目，銳利而深邃；它永遠拒絕悲憫和溫情。

鷹，是這樣一種與溫柔旖旎絕緣的鳥，它的性格如此突出、如此乖僻，沒有人也沒有同類能眞正接近它、了解它，因此它那蒼涼悲壯、嘯傲天地的身世，遂永遠令人嘆息。

——六十七年十月九日《中央副刊》

# 群光譜

# 日之金粉

晴天和陰天是兩個不同的世界：一個撲上了陽光的金粉，燦盈盈的，充滿了笑意；另一個則因爲失去了這種恩賜而黯淡無光。

——天地也是需要粧扮的，眞正美麗的事物總平添一份輕快自信，而除了陽光，誰能有這份能力，爲天地間一切敷上一層自然薄細的彩飾呢？

陽光之所以成爲最好、最偉大的化粧師，是因爲它總隨身攜帶一個金粉圓盒，裡面盛裝著最華麗神奇的金粉。

在每一個晴天，它便多情地旋開盒蓋，捻起粉撲，東邊沾沾，西邊抹抹；把雲影梳理成最柔軟潔淨的白，把草坪打點成最舒適搶眼的綠，甚至連最陰暗狹窄的陋巷死角，也都因爲它的殷殷照拂，而開始透露出一點生機。於是，在有陽光的日子，當你走出家門，心情開朗成天空那樣深邃透明的水藍，你便會有一種美好的錯覺，以爲所有的醜陋和罪惡實際上都是不存在的。

這不是欺騙，而是一種恩澤；生活在如此擾攘巧詐的世界裡，能有這樣的錯覺、能對世界懷抱如此的信心，畢竟不是壞事。

而實際上，日之金粉也從來不曾隱藏掩飾什麼，它只是莊嚴地美化了這個世界，以它博大無盡的永恆之愛，觸動我們的靈感，引發了我們對世界、對人生，甚至對它的愛而已。

日之金粉，完全不同於塗抹在人類雙頰的廉價脂粉，它永遠均勻公平地撲灑在大地之上；在許多崇尚光明之人的心目中，日之金粉所帶來的，不只是美麗，更是智慧和清醒。

最卑微脆弱的小草，都會因爲接受到這一份眞誠無欺的溫暖，而抬起它快樂自信感恩的頭。

至於人呢？我不能相信一個在照人眼明的陽光之下的人，還會躲在人性的陰影裡，製造卑劣可鄙的念頭。

隨著日之金粉所灑佈下來的澄明，天地間處處充滿了蓬勃的啓發，人對自己的善良，似乎也較易有更多的自覺與體認，因此，對於人，對整個世界來說，日之金粉恆是一種無與倫比的恩澤。

——六十七年十二月九日《聯合副刊》

# 月之銀練

每一個有月的夜，都是綺麗動人的夜；每一張望月的臉，都是善良虔誠的臉；而每一片臨著窗簷眺月沉思的心，都是昭然若雪的冰心。

當月華無聲的浪，成片地潑洒在屋脊上、原野上時，平凡的灰瓦便閃耀成鱗，大地就迤邐成一幅展開的皎素手卷，幽邃如水的雙眸也凝結成一泓令人心醉的深潭……。夜，因爲蜿蜒著月之銀練而有生命，而成爲令人深愛、令人無眠的辰光。

在細砂平鋪的海邊、在兩峯成坳的山間、在纖嫩柔軟的柳梢之後，每一次月的昇起，都爲人間帶來驚喜和讚嘆，引領著人們，以全新的眼光去仰望她。

我們看不見月的腳步，但感覺得到她的輕盈；聽不到她的言語，但知道她的溫柔；她兼具了成熟女性所有美的特質，因此，流落異鄉的遊子，能從她這兒得到母愛的溫慰；借酒澆愁的騷人墨客，也喜歡逸興遄飛地邀月成知己；中天明月，是古往今來所有失意之人傾訴苦悶、寄託希望的對象。

據說有一首簡短的日本民歌叫「荒城之月」的，便是首因月而頓悟了人生的不朽之作。當一輪明月靜照在已成廢墟的荒城上，俯看人間興衰時，一個單純無知的平民，在殘垣斷瓦間忽然了悟了生命的無常，思想的深沉使他成爲哲學家，於是在嗚咽如水、低涼似深秋之露的音律中，他發抒了對生命的感傷，也譜進了亙古如常的明月清光。

這一首淒婉的歌，撫慰著亂離中淒楚負傷的心，把人生提昇到一個莊嚴溫厚而無仇恨的境界；於是，任是如何冷酷無情之「劍」，也要在月光凝照下昇華爲一朵安詳貞靜之菊了（註）。

**註**：美國人類學家露絲・潘乃德女士，曾有一討論日本民族性和文化模式的著作——《菊花與劍》。在此書中，她曾分別以菊花之溫柔和劍之兇戾來象徵日本民族祥和而好戰、好美而黷武、馴服而倔強的雙重性格。

# 星之素芒

關於滿天星子，有過這樣一則神話：

天地初分的時候，一位巨人在曠野間行走，也許因爲自己的孤獨，他忽然覺得頭頂墨藍的夜空似乎顏色太深了些，於是便俯身從山泉裡掬了一桶清涼的水，朝上一潑，想沖淡些什麼；卻不料所有晶細的水珠全都凝結成亮閃閃的東西，不再滴落下來。夜空仍是先前那種濃郁的色調，甚至更深，但卻彷彿被點染得生動起來，像一塊襯墊著水鑽的黑色絲緞，厚軟、柔和，充滿了包容吸附的力量，滿天水點似的星星，便也開始這裡那裡紛紛亮起它們短短的素芒。巨人先是一怔，繼而大叫一聲，丟下了水桶在曠野中狂奔……。

他的喜悅當然是有理由的，因爲在無意間完成了如此巨大而又細緻的手筆，那是天才的傑作啊！如果夜空不曾有星，天地間的生命仍將持續下去，但世上便永遠缺少一些什麼；美麗的東西雖非實用，卻仍是必需的。

也許，星子的來歷眞是如此吧！所以，星光總是細碎的、清涼的，似乎是可以傾倒在玻璃杯裡攪拌的砂糖粒，有一種淡淡的、微滲著水意的甜，絕不讓人在情緒上湧起軒然波動。

如果，月光是成熟的女人、是溫柔的母親，那麼，細碎的星子便該是永遠長不大的嬰孩了——乖巧中透著點伶俐頑皮，是最叫人疼的那種——雖不能使人迷戀，可是靜靜地看久了，總讓人覺得失落的那片純眞，正一點一滴地醒了、活了起來，心底仍微微有婉妙溫和的感受。

曾有人把妾說成是「小星」，彷彿，正室就是月，「星月爭輝」；我不太喜歡這樣的講法，似乎夜空裡和平共存的星月本來是兩個對立的東西，分別爭著向我們人類邀寵。其實，當我們說著這樣的話時，卻是不自覺地把狹窄妒嫉的本性給歸併進去了，而星月卻依然很寧靜自如地在互相襯托彼此的晶瑩，這眞是莫大的諷刺。

星星稀疏有致的素芒，輕細如針，投影下來，既不成片，也不成線；它似乎不想照亮什麼，也不想溫暖什麼，甚至不想伸入人間，它只是那麼自給自足的一小點，單爲著自己小小的愉快，便開開心心地亮起來，笑起來。

如果人間大地每一片心靈，都把指向別人的劍戟，化爲如星的素芒，那麼這個世界也應該像靜夜的星空一樣，充滿著和諧的秩序吧？

# 流螢如線

仲夏之夜，南台灣的小鄉村中，年輕的女人慣於在操勞家務後的休閒裡，摘取晚香玉插在髮間。她喜歡把燈擰熄，半倚著門框，愛戀地看男人抱著月琴，在晒穀場上自得其樂地彈唱。

晚風中有泥土、青草、稻禾，和稀薄的牛糞所混合成的氣息吹來，野蛙嘹亮的鳴聲也零星散布在廣大的田野裡。天空有一眉新月，竹林外是淺淺的水塘，水塘外是鴨寮、是菸葉田，而森森戟戟排列成陣的菸葉之外，則是那僅有的一條灰色小公路——這一切都是她所熟悉、令她心安的；而她，在這一切的中央，像黃土地上捲裹在層層深碧巨葉的高麗菜心一樣，有一種沒有野心的安全。

因此，仲夏安閒寧靜的夜晚，往往是一個土生土長、保守知足的鄉下女人，最能在渾沌中觸摸到人生幸福的時光。

捻熄昏黃燈光的室內，常可清晰地看見流螢。

這種自己攜帶照明用具的小東西，背負著一顆米粒大小的光點，在黑暗中四處穿梭。看久了，光點不再是光點，卻迤邐成一絲晶亮的細線。

滿屋的流螢如線，常令單純的女人在偶然微笑著回過頭來時，深爲吃驚。她爲眼前的景象所迷惑，卻又在迷惑中，模糊地覺得感動。

因爲，她一生也只緊擁著那麼一個米粒大小的光點。在新婚之夜和婚後的第二天，她猶是被捧在掌心的明珠，然而，當進入廚下、「洗手作羹湯」的第三日開始，她便必須卸下彩蝶似的嫁衣、晚霞般的胭脂和少女的所有輕夢，去做一個任勞任怨、終日操勞的樸素村婦了。

生命中最旖旎纏綿的一點記憶，是一點溫柔而微帶羞澀的光，她小心地收藏在心底，緊擁住它；而僅憑這一點光，她竟也能將之綿延成一絲亮線，在她往後做爲孝媳、賢妻、良母的路上，照耀她辛勤的一生。

流螢之光如線，這是微妙的事實，年輕的鄉下女人，從它們身上隱約看見了什麼，泫然欲淚，卻又不能明白自己究竟看見了什麼，因爲她並不知道她便是這個家族的一隻流螢，雖微弱，卻有光，其光成線。

但，實際上，她知不知道，也並不是重要的事了。

# 案頭明盞

據說，作家的案頭常擺著一盞燈，一盞在靜夜裡伴他讀與寫、沉思與創作的燈。

雖也有例外，但絕大部份的作家似乎都偏愛夜晚的時光；因爲，在寫作的時候，他不需要聲音、不需要朋友、不需要調劑和安慰，他只需要他自己——一個完完整整的自己、一個絕對專注嚴肅的自己，還有，一枝筆、一疊稿紙、一杯熱茶、一盞燈。

唯有在市塵靜止、眾人皆睡、窗外星光已溫柔地擱淺在夜色裡的時候，他才獲得絕對的安寧。這時，一如洪水奔瀉的思緒便垂起一道無形的厚帘，把他和表相的世界完全隔絕了。因此，寫作中的作家雖是孤獨的、寂寞的，甚至是自私的，實際上，他卻是在從事著最不自私的工作，而與人類的靈魂做最熱烈的擁抱、最深切的溝通。

我不太喜歡輕易使用「作家」這個莊嚴的字眼，寧可以「寫稿的人」或「文字工作者」，來做爲一般舞文弄墨之人的代稱。

因爲，對一般寫稿的人而言，寫作是玩票、是遊戲，或者是賺取外快的方法之一，可以興到筆隨，可以粗製濫造。

但對於作家，眞正的作家，寫作卻是嚴肅的工作，是責任、是使命、是內心深處無可推卻躲避的呼喚。在寫作時，他是痛苦的、緊張的、亢奮的；而擱筆不寫時，爲了構思、催生下一部作品，或爲了要不斷超越自己在藝術上的成就，他依然獨自肩負著沈重的精神負荷。唯有當作家忠於自我地把作品完成了、呈獻給這個世界了，他才能獲得眞正的充實與快樂；但在短暫的休憩之後，往往他又再重新提起筆——他總是不忘他的筆——繼續從事新的耕耘。

因此，寫作是終身的事業，作家是一世的榮銜，這樣質樸勤懇的桂冠，只該封給那些擁有豐沽才情，又肯長年在案前燈下孜孜筆耕的人。

當作家完成一部作品的時候，他往往忽略了自己的辛勞，只感謝那曾經引發他靈感的人，感謝親人在寫作期間所給予的種種體諒和包容；而在心底，他也默默感謝那盞燈，那在漫漫長夜裡，忠誠地守候著他直至曉色已悄然印上窗櫺的燈。

那無言的支持，於作家，是最溫暖的安慰，也因此，作家更願自己活成一盞燈，在風雨如晦的清晨、在渾沌沉黯的世代，高懸起一團光明，爲世人指引一個免於苦難的方向，直待眞正的人類曙光出現。

——六十七年十二月二十七日《聯合副刊》

# 巷底街燈

有一個時期，巷底街燈的意象總讓人聯想起流浪者——一種「港都夜雨」式的浪子。浪子穿著長風衣，高高地豎起衣領，無奈的雙手插進口袋裡，彷彿正站在人生的盡頭。

多年來，斜風細雨早把他紅潤的臉孔刷得蒼白了、疲倦了，但刷不去的，卻是落寞之後那不死的期待。

巷底街燈於他，是一種親切的誘惑、一個美麗溫暖的手勢，吸引著他，也煎熬著他，叫他無端想起，他所眷戀懷念的對象——不管那是家園，還是情人——就在他人生的對面，與他正隔著一彎清淺，遙遙相望。雖然，生命的徘徊可能就此無止無盡地延長下去，他與那個夢想是不可能相會的了；但流浪的心裡，總還存留著一絲溫柔的惦念、一份強韌的堅持、一個可以寄託的信仰。

而今，我們到哪一個巷底街燈下，去尋找這樣一個清醒得可以洞悉自己全部痛苦的臉孔呢？

麻木，是最可怕的死亡；沒有目的、沒有執著的流浪是最黑暗困倦的流浪。然而，不幸的是，這個世代，每一個人或多或少都是個飄泊者、都是個異鄉人。當我們離開泥土、離開彼此慰藉的心靈遠了，舊的世界破碎，春天也噤得寂靜無聲的時候，我們才發現自己是游離在無可逃避的物質文明之上，急於尋找一個故鄉、一個新的信仰——一個可以攀援得住的踏實的東西。

單純的世界、單純的人生、單純的流浪，都不屬於我們了；在複雜中迷失得久了，我們才終於領悟：單純原是一樁多可貴的幸福！

因此，「港都夜雨」式的浪子，畢竟是可羨的，因爲他只流浪在人生的荒原裡，飄泊的途程中，尚擁有巷底街燈可徘徊其下；而我們浮沉在浩瀚的人類困境中，卻要去哪兒尋找那一團濛濛然的光呢？

——六十八年二月二十七日《聯合副刊》

# 杏黃的燭焰

二月，是杏月。

當生澀冷綠的青杏猶懸在枝頭，冬日的腳步還不曾遠離。然而，當細長的葉間紛紛垂下黃晶晶的圓杏時，春天明媚的性格遂眞正成熟了。

在這樣的日子裡，一個對生命失望的人，他儘可以忽略桃花紅李花白的景致，但垂在枝間的一樹杏黃，卻難使他忘卻。因爲，世間可以偏愛的色彩很多，唯獨杏黃是溫暖、柔和、成熟的顏色。

而杏黃與燭焰，那是一種多麼完美和諧的組合！

風雨夜裡，有一支杏黃的燭焰在手、在心，漫天的風雨也撕扯不了什麼了。

護校的畢業典禮上，穿潔白衣裙的女學生，手捧杏黃燭焰，心底輕許「奉獻！奉獻！」——苦難的世界，如果眞有這許多溫暖光明的心靈呵護，所有的病痛也不能再威脅什麼了。

而當杏黃的燭焰亮起在那鑴滿奶油花朵的蛋糕上時，全新的生命又於焉展開了。生日的快樂，原不在那只甜糕，卻在於當我們重又點燃起一支杏黃的燭焰、重又掌握一段完整無瑕的年光時，流逝的光陰已兌換成其他珍貴的東西，永不貶值地存放在人生裡了。

燭之杏焰有這許多令人滿足的象徵意義，但對一個沉浸在愛情裡的女孩來說，她喜愛它，理由卻只有一個——它把情人和自己的距離拉近了、縮短了。

依稀記得那年颱風之夜，大台北所有的燈光全部不再閃爍，斗室裡，燃燒中的燭焰亮起，不是紅、不是紫，竟是厚厚暖暖的一丸杏黃；它巧妙地把一雙親暱的人影剪貼在粉壁上，黑暗寒冷中，遂不復有人記憶什麼是寂寞、什麼是疏遠。

因此，一千多年前，當秋雨中獨自吟哦的李商隱，說出「何當共剪西窗燭，卻話巴山夜雨時」的期望時，他對未來夜談的融融洩洩，獨具如此肯定的信心，也實在不是什麼隱晦難解的神祕啊！

——六十八年四月三日《聯合副刊》

# 群芳譜

# 雛菊

十七歲那年，我曾養過一盆雛菊。那是我尊重生命、喜愛美好事物的開端。我鄭重地把它擺在窗台上，擺在有陽光的地方。每一個清晨，都懷著小學生守護寵物一樣的心情，愉快而新奇地澆水照料。

我並不曾期望那些結實如青豆的苞兒，能綻放出花朵；也從來不曾夢過花的顏色。對一個十七歲的女孩來說，擁有一盆她心愛的雛菊，那便是最大的財富、最單純的滿足；她所感到快樂的，不是生命將以什麼樣的形式展現？以什麼樣的色彩回報？而是她確知，平凡的瓦盆中，正有一簇飛揚的生命在健康愉悅地成長。

然後，有一天，當深青的花苞中央忽然裂出一個橙色的小口，細緻整齊的花瓣向內深深密集成一朵漩渦，一朵靜止的、飽蓄著莊嚴之美的漩渦，於是，我知道，什麼將要發生了。我的心深沈而劇烈地跳動著，我眼眶中突然湧現的熱淚，竟如草坪上的露水一樣溼潤。

終於，在一個五月的清晨，它們像是早就約定好了似的，盞盞金黃燦爛的小雛菊，迎著清爽的晨風開了。像一群漂亮的小姐妹，舒展著圓裙，攜手坐在草坪上，怡然開心地互道早安。

推開窗扇，它們全都熱烈迎向我，我遂猝不及防跌落在金黃燦爛的語言裡，完全沉沒，再也聽不見其他聲音了。

噢，原來，生命成熟的頂點，是以無可取代的自信，掩藏不住的美麗，和幾乎無法負荷的喜悅，來通知這個世界的。

恍惚中，我突然想起了什麼，奔跑起來，奔向那水晶似的圓鏡；在那裡面，我第一次羞澀而驚喜地發現，自己的眉角眼梢清純如一朵微風中的雛菊。

以後的幾年，也曾因幾許閒情，在土裡撒下乾褐的花種，但它們大都凋萎了；似解人意的雛菊，似乎總不如十七歲那年那樣完美——爲什麼人會愈生活愈退步呢？

我曾以一個下午的沉思，去追索這個問題。我懷疑，是否有一份心境、一份純眞已自心頭失落？而在現實的生活中，我已學會在付出心血的同時，便急於去計算實質的收穫，以致所有的生機與樂趣，都被扼殺了？

雖然，生命只容許前瞻，不能有太多的眷顧，但面對枯去的細枝，我卻仍願再擁有往日那一片純淨無渣滓的心地。

五月中亮起的小雛菊，盞盞金色的回憶，遂成爲我在如流的歲月裡，對過往生命的一種悼念。

# 水仙

水仙並不美麗，但它清淡的花容，耐人尋味。

它總是臨水而立，靜靜地，俯視自己水中的影子。

在希臘神話裡，水仙是純潔的美少年納西塞斯的化身。

——據說，納西塞斯深愛著自己在清溪中的倒影，拒絕了所有愛慕他的少女，令她們心碎；卻終因這是一場狹隘而永無結果的自我鍾情，鬱死水湄，諸神遂化他爲孤芳自賞的一枝水仙。

這樣一則淒美的神話，背後的涵義是，如果，一個人眼中只有自己的影子，並因此封閉了對別人的愛的輸出，那麼，便會溺死在過多的自我戀愛之中了。

希臘先民豐富而深刻的想像，賦予水仙以如此不凡的意義，提供了這樣一則哲學意味濃厚的故事；多少年來，納西塞斯純潔美少年的身影，便始終和水仙纖秀的形象，交替重疊著出現在人們的思維裡。

但在中國人心目中，清瑩潔淨的水仙，並不是孤傲淡漠的花。它總在臘末歲初綻蕊，彷彿是趕著過年的喜氣而來，對於默然無語卻似又欣然解語的水仙，我們格外有一種相知的默契與濃郁的親切感。

作客他鄉的遊子，常在大年夜裡，踏著滿院子的爆竹碎屑，奔進堂屋，和闊別已久的家人，共享溫馨豐盛的團圓飯。

如果，在放下行囊的那一剎，倦遊天涯的雙目，偶然發現小几上已供著一缽盈盈欲開的水仙，僕僕風塵便似已抖落，過年的氣氛也似乎更濃厚眞實了。

每一年除夕下午，當廚房蒸籠已飄來年糕的糯香，我總喜歡看父親端坐案前，研墨、揮毫，在大紅灑金的紙上，寫下對聯、橫幅和無數個飛揚有力的「春」字、「福」字。

尤其我喜歡，看母親低著頭，在一旁裁下一圈紅紙，細心地繞在水仙花莖上；好讓窗下那含笑的春花，也沾帶幾分人間的吉祥瑞意。

那樣古老而又溫暖的執著，那樣忠厚而又虔敬的祈願，常令我在幾乎無法察覺的平靜自然中，猛地驚醒過來，無限感動地品味著這太平盛世絕美的幸福與安詳。

因此，如果說我愛水仙的明淨清馨，不如說我愛那小小蕊片裡所蘊含的耐人尋味的豐盈。

——六十七年十二月三十日《中央副刊》

# 聖誕紅

聖誕紅是一種雪中送炭的花，獨願在覆雪的冬日，爲沉寂的白色背景粧點上可喜的紅和綠。

如果，初春的繁卉織錦是華麗輕快的交響樂；如果，盛夏的百草千花是激情浪漫的搖滾；而深秋點綴在薄霜中的淡赭落葉是舒緩的小提琴獨奏；那麼，當所有鮮麗的色彩皆自人間退隱，卻獨在籬間盛開的聖誕紅，便該是隆冬獻給大地的一首讚美詩了。

從聖誕紅燦麗如絨的瓣間所流溢出來的，不是繽紛與馨香，卻是可感的人情味和濃厚的宗教氣息。

雖然，耶穌降生的平安夜，不是東方人的節日，但在整個冬季都忙於報佳音的聖誕紅，卻極易引發我們莊穆純淨的宗教情緒——至少，在某一個清晨，當你推開窗戶，發現深碧的葉間已溢出一枚聖誕紅的花片，你便在心中刻下立冬的記號了。

這時，你會想起遠方的朋友。

在經過書店的時候，你會加入選購卡片的人群，低著頭，從眾多精緻的圖卡中，專心而眞誠地挑選最合適的一張。整個冬季也許都是單調寒冷，甚至下著膩溼的小雨，但，因著這份樂趣，你將超載任何季節所闕如的喜悅和忙碌。

而在恍惚間，教堂悠遠輕揚的鐘聲響起來了，街頭清冷的櫥窗熱鬧起來了；尖塔形的冬青樹下堆滿了用緞帶包裹的禮物，壁爐裡有熊熊的火焰燃燒，流著棕紅油脂的松香木畢剝響著；銀色的星星剪紙、七彩的圓球、晶亮的碎片，都在兒童清純如天使的雙眸中閃著光……整個空氣似乎浮漾著一種特殊的氣息，彷彿卡片上溫馨的世界已在人間重現。

你想不到一段年光的結束，竟出以如此絢燦隆重如聖誕紅的方式；你也不能了解，爲什麼在冬季，人間總格外溫暖？

但你喜歡眼前一切，你喜歡人們這樣富庶而融洽地活著；而當你心中充滿如是的讚美——那時，即使你不是受洗的教徒，也依然有天堂的感覺。

# 玉蘭

台北火車站前四通八達的地下道，是一座廣大的迷宮；熙來攘往的人群，大都掛以冷漠的面具，踏著沉重的步履，急於找尋各自的出口離去。

唯獨那些手挽竹籃兜售玉蘭花的老嫗，被留在這兒，惶然茫然不知何往？

在淺圓如盤的竹籃裡，她們往往平鋪一張鮮翠的荷葉，荷葉上擺幾朵稀疏的玉蘭。

那些田田碧葉，原應在荷池裡迤邐成一塘綿延綠雲的。

那些新摘的玉蘭，也應和著未乾的露珠，出現在溪畔某一個洗衣村姑烏亮的髮際。

而尤其那些老嫗，難道不該在日光輕灑的陽台上，怡然溫煦地打個盹麼？然而她們竟何其不幸躲在這不見天日的牆角，爲堪憐的溫飽卑微地活著。

因此，走過地下道時，我慣於駐足在多皺的老嫗前，買下幾枝玉蘭，不爲插在自己的襟前，只為了傳遞一點眞正的關愛，對一個晚境淒涼的老人。

也因此，玉蘭花使我學會同情，使我從老嫗無牙無聲的微笑裡了解，「老吾老以及人之老」是一種怎樣溫暖而又實際的付出？

我喜愛玉蘭，尤其童年燠熱的仲夏傍晚，嫻雅的玉蘭，常神奇地安撫了心頭難平的浮躁。

似乎，所有的花都宜於盛開，唯獨玉蘭卻不能綻放。玉蘭潤白狹長的花瓣，只宜打成一個長圓的骨朵，靜靜地發抒屬於她自己的馨香。

一旦玉蘭的花苞張開，醜陋和死亡便令人難以置信地降臨了。——畢竟，玉蘭是一種含蓄的花，只宜於枝頭淺笑。

如今，這樣素淨動人的異卉，卻在多塵的城市裡、在人們貧瘠的心田中，淪為標價的商品，伴著老嫗，在街頭公然出售。

如果，牆角無依的老嫗是迷宮中的失落者；那麼，在現實世界這個更廣大複雜的迷宮裡，誰又不是失落者呢？

——六十七年十二月二十七日《中華副刊》

# 玫瑰

據說，有許多人只喜歡玫瑰含苞，不忍見它們盛放。

這些人的哲學是，玫瑰含苞，至少在它面前還有一個希望，那便是盛開；而一旦它開得最豔、最巔峯的時候，在它面前，卻什麼也沒有，只剩下凋謝了。

這樣的惜花憐香，或也是一種言之成理的惻隱——「既見其生，不忍見其死」，但仔細玩味之下，卻不免覺得如此的心靈，敏感善良有餘，堅強樂觀不足。

我們是沒有權利爲玫瑰感到惋惜的，就好比我們沒有權利爲一位光榮凋萎的老兵嘆息一樣。

生命可感的價值，往往在於展現它最大的光榮，而一旦光與熱做了最淋漓盡致的發揮，那麼餘下的，也就可以不必過問了。

否則，那是一種褻瀆；因爲，我們竟想以自己的脆弱，去籠罩、丈量別人可歌可泣的悲壯。

由玫瑰，我常聯想起一種叫「萬年青」的草本植物，寄生在人家的牆角裡。永遠是那麼不變的、停頓的綠，那是最叫人心安的存在了。它不會有死亡，萬年之後，仍是這樣一撮撮沉滯的、積滿灰塵的葉子；但由於沒有變化、沒有前進、沒有凋謝，它反而也沒有生機了。

因此，如果玫瑰在俯仰無愧地化爲滿地殘紅之前，能那麼傾其所有地盛開，能那麼轟轟烈烈地執著於它短暫的生之驕傲，爲什麼我們獨無這份勇氣去正視、去讚嘆這樣的豪情呢？

# 夾竹桃

夾竹桃是一種極鄉土的花，牢牢地植根在柔軟溫熱的春泥裡，安樂而又知足。

每當春來，水牛蹣跚地走過田間小陌時，臨風而笑的夾竹桃，便一路在野地、在稀疏的籬間、在遼闊的嘉南平原上，輕描著幾點硃紅。不知愁的姿態，像極了穿碎花衫褲的村姑，在春風裡流瀉出小家碧玉的喜悅，顯得那樣瀾漫、那樣單純，但也那樣無知；於是，看著看著夾竹桃，便往往令人自心底昇起幾分寂寞與欠缺的感覺。

它不是桃花江畔眞正的桃花，不是詩經上「灼灼其華」、動人心魄的佳卉，也不是陶淵明筆下，令武陵人爲之錯愕的一片粉紅織錦。一切人際的悲喜離合於夾竹桃，是那樣紛然而又淡然，似乎永遠激不起任何熱烈有情的迴響，因此，我們心底對春日燒成紅霞的桃花，便有著日益深濃的依戀與遐思了。

懷鄉的性情中人，也許會因爲幾枝夾竹桃的輕紅，而在悠悠蒼天籠罩的原野上，無端地思念起那一大片溫馨的、母性的、有眞正桃花的土地。即使是在島上土生土長的年輕人，當春來夾竹桃笑得那麼幸福的時候，也依然無法豁免鄉愁。

如果，每個人的心底都珍藏著一柄摺扇，素淨的扇面上，繪以扇子的主人所愛戀低徊的一段事物、一場情緣、一樁紀念；那麼，有多少人的那柄，不是勾勒著古老的田園大地和故鄉的影子呢？

夾竹桃輕柔的、微帶粉意的紅，喚起了我們對古老田園的依戀，卻化解不了我們濃烈的思慕。淡淡的十里雲天之下，水牛犁過的春泥之上，它總那麼無知無愁地開著、紅著、微笑著；於是，面對夾竹桃，任是誰都將發現，春日的風，太容易把一雙眺望鄉土的眸子給吹酸、吹溼了。

——六十八年二月十九日《時報副刊》

# 杜鵑

春日，是一座立體的圓形舞台，任何生命都喜愛在這裡展現個別的美。然而，在一連三個月不落幕的演出中，最令人難忘的，竟往往是由杜鵑所同心合力完成的一齣華麗壓軸。

這眞是春天的一樁意外。

因爲杜鵑沒有香，整個花型也平凡無奇，在所有角色中，它原是最不搶眼的一個；但杜鵑畢竟是冰雪聰明的異卉，它了解自己的缺陷，因此，它從不獨自登場；在選擇來到人間的方式上，它的表現一向是匠心獨運，令人刮目相看的。

當暮春時節，整個田園大地的舞台上，正出現淡季的時候，杜鵑便以一種轟然澎湃的氣勢和豪華壯觀的場面，浩浩蕩蕩地登台了；於是，天地上下便無一不是杜鵑的聲光色彩。

那一大片雪白水紅與錦紫的氾濫，往往震懾了所有慣於低首疾行的人，使他們的眼睛再也不能視若無睹；步履，再也無法匆忙快速。

也許，所有的氾濫都曾是災害，但春日杜鵑所形成的汪洋，卻是一股色彩的活泉，一種清新的恩典，經過它的洗滌，再色盲的雙目，再遲鈍的心靈，都變得明亮、敏銳起來了。

誰也不能想像，一向沉默羞澀的杜鵑，在一個冬季的蟄眠後，竟輕易地用花海戰術征服了我們；它們並不誇示個性，卻以整體的印象，在善忘的人心裡佔據一大片記憶。

藉著杜鵑，我們可以印證徐志摩先生「數大就是美」的藝術觀點，也可以會心地爲「團結就是力量」的宣傳口號，找到最動人的支持。

提起杜鵑，便不免憶及台大校園，因爲這裡是獨一無二的杜鵑花城。夾道的杜鵑，常在夏秋冬三季，以一蓬蓬沉碧的枝葉，來襯托學府的樸實典雅；而在春天，杜鵑花一年一度盛大的嘉年華會，卻又讓整座校園浮漾在浪漫的氣氛裡。

第一次對辛棄疾的「惜春長怕花開早，何況落紅無數」，有深切得近乎戰慄的體會，便是在滿園紛然的杜鵑，如淚般撲簌簌落下的時刻。

那時，早起的校工，在朦朧的曉霧中，正以竹枝掃帚把殘瓣掃聚成塚，蒼灰清滢的空氣裡，推湧著無聲的春日寂寞與無奈，一剎時間，辛棄疾愛花惜花的情愫，便在我心底復活了！原來，眞正的箋註不在課本上，不在扉頁裡，不在累贅的解說中，只存在於直捷的視象和敏銳的感受深處。

雖然，詩人常喜歡以略帶感傷的語氣吟哦：「開到酴醾花事了」，在台灣，杜鵑凋零，也便是春意闌珊的時候了。但我從不爲杜鵑惋惜，因爲我確知，來年它們仍將重整旗鼓，再爲春日的結局，添上驚人之筆；正如撲向岸邊的海浪，在第一個浪頭消失之後，你知道第二個甚至更多的浪頭仍將再度叩向海岸，來到人間。

——六十八年二月二十四日《中華副刊》

# 繡　球

那年初夏的鄉居生活，是一枚飽滿多汁的芒果，清甜而又新鮮。即使隔了一段迢遙的時日，所有新鮮的感受，仍如一瓶貯存得完好的香膏，在旋開瓶蓋的時刻，淡淡地噴灑著當日令人怡然的氣息。

繡球花便是鄉居日子裡，偶然邂逅的一樁愉快。

——是一個清溼的早晨吧？總之，薄霧才剛消散，我便從菩提樹下穿過，想繞到後山看看。據說，那兒有一帶茶園，終年在向陽的坡地上，蒸散帶水意的清香；還有一座掩在竹林中的古寺，寺裡懸放一口大鐘，是莊嚴厚重的青銅鑄成的。

我在淡金晨曦裡走著，「忘路之遠近」，軟軟的白布鞋尖沾滿了露水。天地遼闊而安寧，不陰霾也不熱烈，我眞喜歡那樣清平澄明的感覺。

黃土路上，遠遠地有一座獨立的紅磚農舍，小王國似地坐落著，有幾分神氣；走近了，才發現它是寂寞的。農舍正廳門楣懸著「穎川堂」的舊匾；空蕩蕩的晒穀場上，一個人也沒有，只有初夏的晨光，在清冷的地面鋪上一方極薄的淡金錫箔。啄食的洛島紅母雞忽然抬起頭來，彷彿極不滿意陌生人的出現，負氣似搖著肥墩墩身子，一路「咯咯咯」召集牠的小寶貝，橫過晒穀場，到正廳左側比較安全的地方去了。

我微帶歉意地好笑著，正準備離開，卻怦然心動起來。

在一方陽光照不到的廊簷下，高高低低吊著幾盆蟹爪蘭。蘭下的台階上，擺著一些大麗菊、石觀音之類的盆景，還有——哦，雖然我從沒見過它，只聽過它的名字，但我知道，那必然就是繡球花了。

那些淺紫、柔軟、猶帶露珠的小花瓣，每四片就對生成十字形；深碧的枝上，所有這些完美的十字繡圖案，又密密集合成一朵碗口大的花球，獨自在幽寂無人的角落，擁有她們的安雅美麗。

那樣輝煌繁複的佈局，給人的感覺不是熱鬧卻是沉靜，初夏之夜如水的沉靜。於是，我想起張愛玲說的：「那繡球花白裡透藍，透紫，便在白晝也帶三分月色。」我沒有驚喜，這樣意外動人的邂逅無需驚喜，但宛如最精緻的浮雕，那兩朵並生的繡球已經永遠鑲嵌在生命的某一處記憶裡了。

在那一刻，我是虔敬的。我不自覺地想起雪花，那樣玲瓏晶瑩的六角薄片——爲什麼，大自然有如許不可思議的巧思呢？難道冥冥中眞有主宰？

那天，我終於沒去後山。是莊子說的：「得魚忘筌。」我既然已經遇見繡球，那麼，去不去竹林茶園、看不看古寺大鐘，也就不那麼重要了。雖然，當初走在那淡金的小路上時，我也並不知道，究竟什麼是魚？什麼是筌？

# 鬱金香

對於在情感上懷舊的中國人來說，鬱金香是一種陌生的花，永遠帶著濃厚的異國情調。

儘管鬱金香花瓣的金黃、豔紫、絳紅，是一種極深刻的立體，凸出在所有景物之上，彷彿把周遭的一切都壓成了失色的平面。

但是，在我們五千年悠遠古老的歷史文化裡，找不到它的痕跡，因此，中國人對鬱金香的印象和記憶是無色的。

是晚近，在歐風美雨的吹襲之後，我們才從「色彩鮮豔、印刷精美」的大型彩色月曆上認識了它。

豔陽天下，緩緩旋轉的風車在遠處點綴著，濱海的、整齊潔淨的歐式花園裡，穿梭著吃奶油長大、膚色紅潤的外國遊客；花圃前，累千上萬的鬱金香，便地毯似地橫鋪過來，直逼到畫外，逼到我們眼前——但對於我們，對於傳統裡哺育長大的中國人，對於唐宋明清這個系統直承下來的後裔，那衝進瞳孔的豔麗，仍是遙遠的、疏淡的、在心中不生根的。

不是排他性過於強烈，而是在我們的愛與懷念裡，有更具份量的東西。新奇的事物固然吸引人，但傳統的一切卻更親切重要得多，那是中國人之所以成為中國人的唯一身分證；即使在飛躍進步的太空時代裡，仍只有傳統才是中國人的安慰，中國人的根。

當然，傳統也有它陰暗、愚騃的一面，因此，這一代的中國人，在新舊交替、東西衝擊的夾縫中，肩負薪傳的重任，是幸運的，也是不幸的。

然而，即使不幸，即使我們必需就傳統與現代的課題，在情感與理智上都做一番取捨，即使如此的時代使命、歷史重壓，令我們額際出汗、心底淌血，那沉重的不幸，也是無與倫比的光榮命運。

鬱金香，無可否認，也有它照人眼明的美麗，豐潤的、微曲成苞形的花瓣，形成極獨特的風格，彷彿是用上好的、帶富麗光澤的絲絨剪裁而成，顏色深濃、質地緻密得透不進一點光；但隔了一大段歷史的距離，即使我們有心愛它，在情感上，我想，我們之間仍是有些淡漠的。

# 天堂鳥

初見天堂鳥時，很少有人不驚詫：這究竟是幻化成花的鳥？還是即將隨鳥展翅而飛的花？

花和鳥之間的差異，原應是不假思索就可判然區分的，但在天堂鳥身上，我們一向自信無誤的眼睛，卻很容易感到遲疑和困惑。

因爲，從泥土中抽枝發芽的生命，向來只安於它們自己的色彩和芬芳——一個靜態的世界；而天堂鳥竟獨排眾議地，生成那樣臨風展翼的姿態，彷彿要突破自我的極限，飛昇到另一個不可能的世界裡去。

那昂揚的氣勢裡，飽蓄著「箭在滿弦上」的信心，彷彿一觸即發，因此，如果不是插在盆裡、瓶裡，實在是令人有幾分不安的；只怕一眨眼，一陣風過，色彩斑爛的花瓣就羽化成翼，從枝頭上飛走了。

——夢與眞實的距離，有時也許就是這樣，並不是那麼遙遠的吧？如果，曾有過起飛的意念，並且也完成了起飛的姿態、起飛的堅持的話。

於是對那些在尖銳而苦澀的磨鍊中，不斷嘗試著超越與提昇的人來說，超然於自我之上的天堂鳥，是格外具有一種煥發、鼓舞的美麗的。那往往令他們在第一眼的錯愕之後，陡地自心底昇起模糊溫熱的感動，因爲從天堂鳥身上，他們確實在自己如今的篳路藍縷中，預見了明日的天堂。

# 流蘇

晚春時節，空氣裡總飄浮著一層稀薄的水霧，連陽光也帶幾分溼潤的氣息。初夏的腳步已經很近了，各種深深淺淺的綠意埋伏在枝頭、草間，隨時準備包圍過來；然而，春日遲遲，到處都有一種想留住什麼的感覺，一種很深很濃的依戀，四下裡牽絆著、瀰漫著。這個時候，流蘇卻開花了，那樣溫柔纖弱的小白花，掙扎著在暮春傷感的調子裡明明朗朗地開花，似乎是想藉著它的奉獻與全心全意的愛，去挽住什麼、拉回什麼。

但是，歐陽修早就說過了：「門掩黃昏，無計留春住。」萬紫千紅的春天，一次輪迴裡，只有一度，是攀留不住的；別的千花百草都認清了這個事實，爲什麼獨獨流蘇不肯放棄呢？

仰望熱烈盛開的流蘇，驀然間，我深深領悟了悲劇英雄的精神與胸懷，也見識了生命與無奈纏鬪的執著與勇敢。

我對悲壯情操的認識，不來自希臘羅馬神話，不來自莎士比亞的劇本，卻來自十八歲生命中一樹春華的流蘇的啓示。

那時，我正在成長的過程中，彷彿獨自在曠野裡跌跌撞撞地行走，渴望得到一點指引。雖然成長的路途上，有過年輕的驕傲與喜悅，但更多的悲傷、氣惱與衝突，卻充塞在一次又一次茫然的摸索裡。

就在那年暮春，金橙色的陽光溼淋淋地澆在地上，失意的感覺有如溫熱厚滯的風，四面襲來，到處都濃得化不開，彷彿梵谷晚期最熾烈痛苦的一張油畫。疲倦的追索之後，我驀然抬頭，驚見流蘇，深深地被震撼著、感動著，所有的疑慮和困惑，竟在瞬間都化成嘩啦啦的流水，自心底淌過、遠去了！

那樣全心全意的奉獻與愛，花間的薛西佛斯！

我忽然不再畏懼所有的挫折與苦惱。那是第一次，我從十七年來的懵懂中清醒；是第一次，我敢於正視並質問心底的頹喪與軟弱。流蘇的雪白明亮，照徹了心底最灰黯陰沉的死角，引進永恆的春光，從此以後，愛，對一個成長的女孩而言，不再是字典上空洞抽象的字眼，而是具體深切的情操，是她生命中最堅實主要的部份了。

十八歲的春天，在生命裡只有一度，無論珍惜與不珍惜，它都要過去；但十八歲春天所點燃的一支火焰，卻沒有盡頭地綿延了下來，這樣的天長地久，令人在清醒以後的感動裡，有了超越珍惜的人生態度。

我知道，我終會有老去的時候，但只要流蘇的記憶在心底仍然鮮活，我便自信是活在生命的春天！

# 向不知名的花草致謝

不能想像，如果大地沒有花草，我們的世界將如何地醜陋與貧瘠？

我們享用這個繽紛豐富的世界，是不繳稅也不盡任何義務的。當百貨櫥窗的商品櫃裡，陳列著售價驚人的名貴香水時，我們卻可以享受一整園芬芳的茉莉而不需付出任何代價。大自然對於我們，永遠是優渥的、縱容的、寵愛的。

然而，面對如許浩瀚的厚澤，我們卻常常有意無意地加以拂逆了。

有許多花草，我們叫不出它們的名字。我們不認識它們，是因爲我們的疏忽、我們的有限，是因爲我們把自己封閉在物質的窄巷裡，和大自然睽隔得太久太遠的緣故。

其實，生命的學問應來自生命，來自大地，只有在大自然這樣遼闊無牆的教室裡，才能造就睿智澄澈的哲人，才能產生偉大有情的藝術心靈，才能孕育海闊天空的胸襟，才能開拓眞正的美麗與和平。

當孔子說：「吾不如老農，吾不如老圃」時，這位不輕易許人的教育家，是懷著怎樣詠歎感佩的心情，在讚美那些一生接近自然、撫觸泥土的人啊？

尤其在如今這樣動盪混亂的世局裡，當鉛灰的海面漂浮著不被接納的難民漁船，當以色列的邊境仍燃燒著未熄的烽火餘燼，能不能在明天活著？已成爲這些被陰影籠罩的人，唯一關切的焦點時，而我們，不必有如許的焦慮，卻反能自如地擁有各種花草，這樣的幸運，實在是豐裕得近乎奢侈。

我們固然爲那些命運悲慘的人掬同情之淚，但似也更應該珍惜我們所能擁有的一切。

讓我們懷謙虛、感謝，甚至學習的心情，把視線從螢光幕上移開，走出公寓大廈的陰影，去傾聽花的語言，去細讀草的姿態；讓我們列隊，向不知名的花草致謝！

——六十八年三月十二日《中華副刊》

# 可人篇

# 石

如果灼然綻開的群花，是青春正盛的少年，那麼靜臥蒼苔的瘦石，便該是相貌奇古、悠然入定的老僧了。

群花的流麗如錦，揭示的是生命燦爛飛揚的一面；然而，在不言不語、韜光隱晦之中，一方瘦石卻透露了淡泊無心的禪意。

「花如解語還多事，石不能言最可人」，可以想見，第一個喃喃發抒如此感嘆的人，是如何正從濃得化不開的境地中，豁然清醒過來，逐漸走向歸眞反璞的境界。

畢竟中國人是不太喜歡極端的。群花世界，固然引人流連，但五彩繽紛的繁華、爭奇鬥豔的心計，容易使人疲倦；相形之下，石雖簡靜無語，卻格外能予人恬素沖和的感覺；因此，在已逝的年代裡，先民固然愛花，卻也愛石，並且是以一種更欣賞體貼的心境去觀石、去愛石。

我們看花，不外是以色彩、以芬芳、以形相的美，做爲衡量的標尺。但一塊石，可以拙，可以醜，卻仍無損它潛在的、深蘊的光輝。鄭板橋畫石，便是畫醜石，但「醜而雄、醜而秀」，石所獨具的質樸寧靜的智慧，是遠遠地逸出在美、醜區分之上的。

多少年來，沉默無言的石，竟也因此而充實了中國人的哲學、變化了中國人的氣質，並且在文學、藝術上成爲深刻獨到的題材。

當我們的祖先以寬容諒解的口吻說：「頑石點頭」、「點石成玉」時，他們是懷著耐心和希望在期待一個浪子的新生；對於人性的善良，他們永遠執持著不死的信心。

而當清初的張潮，娓娓述說著：「梅邊之石宜古，松下之石宜拙，盆內之石宜巧，竹旁之石宜瘦」，又說「壘石可以邀雲」的時候，他又把對石的情感，提昇到一個更具體、更擬人化的層次去了。石在他眼中，不再冥頑不靈、粗礪無用，而是各具個性、各有其理想的歸屬。中國人之所以能與天地自然相契得如此和諧，或許便是我們慣於以有情的眼光去看萬事萬物的緣故。

當然，對於石，愛得最深最切的，當推北宋襄陽米元章。「石以米顚爲知己」，悠悠千載之下，米芾愛石之痴，正如淵明之愛菊、陸羽之愛茶、林和靖之愛淡香疏影，同樣地令人低徊不已。

不過，就石論石，在中國人心目中，最富傳奇性的一塊石頭，卻應是《紅樓夢》裡，那塊幻形入世、到人間歷劫的頑石了。一塊頑石，引渡了聰俊靈秀的賈寶玉，也引出了整部曠古未有的《紅樓夢》。

另外，《西遊記》中修成正果的美猴王孫悟空，也是由石所生。為什麼兩部中國古典小說鉅著，都以石做為書中人物來到人世之前的化身？是無心的巧合？還是在潛意識裡，我們已慣於把石視為大澈大悟之前，那種渾沌未鑿狀態的象徵？

然而，在所有有關石的掌故裡，眞正感動我的，還是女媧煉石補天的傳說。在這個遙遠的傳說裡，一個毫無憑藉的女人，只不過因著一份不能自已的愛、因著「願所有生靈皆免於痛苦」的意願，便犧牲了她的青春，獨登崑崙山頭，在熊熊爐火前煉五色石補天。

每當我仰望明淨無痕的蒼空，遙想起這樣一則神話，便深深地被感動了。每一個傳奇，都可能有它荒誕奇異的內容，然而嚴肅的是它們背後浩瀚深邃的意義。女媧煉石補天，就像上古時代另一則感人的神話〈夸父逐日〉一樣，究竟象徵的是人類一種什麼樣的精神呢？

儘管悠悠蒼天不是煉就的五彩石補成，但有著這樣動人的神話做底子，我便覺得，它不像雲一樣縹緲，它有偉大永恆的背景在。

# 玉

美石為玉。

在現實生活中，我們已難於找到一個佩玉的人了；時代的轉移、服飾的變遷，已使佩玉不再成為可能。

然而，形象的玉並不重要。在任何一個風雨如晦的世代裡，只要懷玉的君子仍在，世界便仍有可為。

中國人天生是一個愛玉的民族，但我們愛玉，不是愛它的價值，而是愛玉的內蘊、愛玉的抽象意義。

在《禮記》〈聘義篇〉中，孔子和子貢之間便曾有一段精簡的師生對話，論及玉的可貴（註）。

而兩千多年前，在楚國的荊山之下，一個小小的相玉之人卞和，懷抱璞石，為了一塊舉世無匹之玉的誕生，不惜犧牲他的左足、右足，甚至整個生命；他所執著、護衛的，又是什麼呢？

「言念君子，溫其如玉」。玉是雍容和平君子的象徵，也是心懷理想、堅持理想、為理想奔走奉獻之人的寫照。

因此，春秋時期，周遊列國、席不暇煖的孔子，摩頂放踵、以利天下的墨翟，甚至道證菩提、修成正覺的釋迦；以及近世遠走非洲叢林、汲汲行醫的史懷哲，都可算是心懷冰清如水之玉的人物。

「石蘊玉而山輝，水懷珠而川媚」，天地有玉，山川便為之潤澤；人心有玉，世界便有了秩序、有了希望。

所以，銀樓的絲絨軟緞上，儘可以羅列採自名山的美玉；每一塊玉，儘可以標示昂貴的價格，然而所有有形有價的玉集合起來，也抵不上人心中一個高貴的理想、一片救世的熱情。

可是，如果舉世之人都不識這樣溫潤圓熟之玉的價值；如果「有美玉於斯」，卻只能韞匵以藏，不得善價而沽，那不僅是玉的悲哀，更是這整個世界的損失。

那麼，讓我們在這個價值日趨混淆的世界裡，做個清醒堅定的懷玉之人；或者，做個目光卓越的相玉之人吧！

**註**：子貢問於孔子曰：「敢問君子貴玉而賤碈者，何也？爲玉之寡而碈之多歟？」孔子曰：「非爲碈之多故賤之也，玉之寡故貴之也。夫昔者，君子比德於玉焉。溫潤而澤，仁也。縝密以栗，智也。廉而不劌，義也。垂之如隊，禮也。叩之，其聲清越以長，其終詘然，樂也。瑕不掩瑜，瑜不掩瑕，忠也。孚尹旁達，信也。氣如白虹，天也。精神見於山川，地也。圭璋特達，德也。天下莫不貴者，道也。詩云：『言念君子，溫其如玉』故君子貴之也。」

——見《禮記》〈聘義篇〉。碈，是像玉的石頭。

*寫這篇文章時，是民國六十八年，當時少有人在身上佩玉。但近幾年，由於國民生活水準提高，裝飾性的玉珮深受大眾喜愛，故將玉垂掛項間、戴在腕上的行爲，漸成風尚。但現代男性仍較少佩玉，這與「古之君子必佩玉，以節行止」或以之作爲爵位證物的作法，仍有很大的不同。至於現代女性雖亦佩玉，但若就佩玉方式、目的而言，也異於古代女性。謹略事補充說明如上。

——七十五年九月補記

# 硯

窗明几淨的書房中，我喜歡在案頭擺上一方青石硯。雖不一定磨墨舐筆、臨帖學書，然而，不論晨昏，只要一卷在手，有硯相伴，讀書之樂也就盎然無窮了。

心閒之餘，撫摩這方平滑清涼的硯石，竟常不自覺地懷念起古人精神世界的單純來。

對一個傳統的士子言，也許一管斑竹湖筆、一塊松烟烏金墨、一張「滑如春冰密如繭」的澄心堂紙，或一方潔淨精微的端硯，便能使他喜不自勝，而終其一生，都在水墨淋漓的揮灑中，得到無比的滿足。

因此，硯應是士子案頭一方濃縮的田畝，長年筆耕所帶來的，不只是紙上逐漸豐富精練的成果，更是心靈的日益充實與快樂。

不過，像許多傳統藝術器玩一樣，讀書人對於硯，除了抱實用的態度外，也有許多其他的講究。端硯和歙硯便是最被珍視的硯之精品。

據說這兩種硯，細膩如膏、發墨如漆，扣擊時能作金石之聲，並且硯石表面有許多天然的紋彩。「白如晴雲，吹之欲散，鬆如團絮，觸之欲起」，便是硯譜中對端硯「魚腦凍」圖案的一種讚美。

也許，莊重冷凝的硯，只是中國人所獨有的文化產物，最易發思古之幽情吧！因此在偌大的故宮博物院中，如果隔著一窗玻璃，赫然發現硯的珍品，如蘇軾的從星硯、米芾的螽斯硯、黃河的澄泥硯或銅雀台的瓦當硯，心中便會不可遏抑地洶湧起無限的親切與感嘆。

詩人余光中見了故宮珍藏的「白玉苦瓜」，便有感而成長詩，雖不一定每一個人都有成詩的才華，但身爲華夏子孫，在莊嚴的大廳裡，面對舊時風物，撫今追昔，內心所澎湃的思緒卻應是相同的。

日前，偶經南門市場，在商店的騎樓前，意外發現一個小地攤。地攤上，散置幾串黃楊木念珠、鬚髯若神的關公紅漆木刻、玉白的觀音雕像，和兩方鏤刻著水牛的石硯。市井喧囂之中，獨見硯池一側，水牛背脊悠然浮水而出，牛角分明；雖非什麼傑作，卻也充滿了質樸的趣味，引人流連。畢竟，一塊石材被點化成硯，便不再是冷硬的頑石，而是一件包含匠心的完整藝術了。

如果，每一位熱中寫作的人，心中都有一方無形的硯田，那麼，我希望自己是個勤於筆耕的工作者，時時記取王獻之爲學書而染黑一缸荷花清水的故事，犁遍生命中每一寸泥土。

# 鵝卵石

那座青竹板橋，是一道淡掃過小溪的眉，輕輕地橫跨在一彎秋水之上。

第一次從橋上走過時，溪邊有浣衣的村婦，南台灣早熟的秋穗正在不遠的野地裡，愉快地互相推擠著；空氣澄鮮而浪漫。似乎這樣的時刻，你做任何使自己高興的事，都是自由而適當的，於是，我信步走下橋去，在溪畔微溫的石上坐下，把趾尖伸進水裡。

九月的溪水，清淺而明淨；那些圓的、滑溜的、沒有稜角的鵝卵石，便如同光潔的貝殼，一一浮現在平緩的細砂河床上。

也許，每一枚鵝卵石，都曾接受過流水將它們的粗礪磨爲溫潤的恩典吧？因此，它們所報以流水的，乃是永恆青春的祕密——它們使小溪成爲快樂的歌手，一路開著透明的水花，永不疲倦地直唱下去。

如果是一彎無石之溪，我無法想像，那將是如何單調與空洞的死水？有些鵝卵石，千年萬代地任流水沖刷著、淘洗著，已被琢磨成極細的石粒，不復當年的面貌了。臨溪濯足，我不禁想起晉代孫子荊〈枕流漱石〉的故事來。（註）一千多年前，他竟一本正經地爲著一時的語誤，急作解人。其實，若能掬一捧珠玉碎屑似的細石在手，「枕流漱石」，難道不比「枕石漱流」更有一種出人意表的美麗嗎？

岸邊，不時有清脆的丁丁之聲傳來，我抬起頭，十分驚訝於漂衣的村婦，正在凸起的石塊上，以短棒搥打衣服。

**長安一片月，萬户搗衣聲。**

在隆隆的洗衣機已然以人造漩渦取代雙手、取代所有搗衣棒槌的時刻，何獨在此寧靜水村，仍保有古樸的溪邊浣衣情趣？

……

當所有村婦都已挽著竹籃，喧然離去，我才作別橋下的一切，回到正常的生活軌道上來。

不能否認，那樣一個不在案前讀書、也不在街頭奔波的上午，似乎是空白而不具任何意義的。然而我們在這個世界上，擁有的有意義、有重量的事物已經太多，因此，有些事物實在是不必具備什麼意義的。譬如說，春日的柳線；譬如說，仲夏的蟬噪，或者秋晴之中那彎沒有名字的小溪，以及溪底的鵝卵石，它們不為意義存在，卻使我們肩頭、心中的擔子輕省了許多。

當歲月的溪流已不斷沖走許多模糊的記憶，我卻訝然發現，那個拾得浮生半日之閒的秋日上午，已成為一枚光潔如貝的鵝卵石，永遠沉澱在心底深處。

**註**：孫子荊年少時，欲隱，語王武子當枕石漱流，誤曰：「漱石枕流」。王曰：「流可枕，石可漱乎？」孫曰：「所以枕流，欲洗其耳；所以漱石，欲礪其齒。」——見《世說新語》〈卷六排調第二十五〉。

——六十八年六月《聯合副刊》

# 磐石

山石之安者曰磐石。磐石是不會轉移、不會動搖的。

它穩若泰山的姿態，常使我們怯懦的心，忽然鼓盪起勇者的情操；使我們平凡狹窄的思維，忽然認識了什麼是永恆；也使我們豁然了悟「君子坦蕩蕩，小人長戚戚」之間究竟有著如何的分野。

其實，每一座安然不動的磐石，都具有山岳雄渾的氣象，只不過它們是石罷了。但正因爲是石，而竟沈著如山、怡然如山，就更令人在凝視它們時，不得不湧起幾分敬意了。

在人類社會裡，也許渺小的芸芸眾生，都只是平凡的石，甚或是砂，因此，我們格外需要偉大的心靈、澄澈的智慧和超卓的典範，來供我們仰望、學習——我們格外需要人間的磐石。

歷史上，每一個動亂的時期裡，安天下之民、爲乾旱世紀降下雲霓的英雄，都是永爲世人膜拜感念的磐石。而那些在政治舞台上，玩弄權術的政客，只不過是一堆石礫而已，歲月終將風化它們。

至於一個家，妻子雖非英雄，但她卻是安定這個家的力量，是這個家的磐石。當丈夫在事業上不那麼稱心如意的時候，她撫平他失意的情緒；在子女哭訴運動會如何失去錦標的時候，她拭乾他們遺憾的淚痕。

時光也許會衰老她青春的神采，現實偶爾會刺傷她柔韌的心地，但是一個充滿母性光輝的妻子，一個懂得以無言的溫柔去包容所有煩雜的女人，依然是這個家風雨不動的磐石。

所以，看見山頂的磐石，我便陷入無邊的沉思裡。

# 詠馥篇

人生活在有味有色的世界裡，實在是天賦的幸福。色彩帶給人的愉悅，雖不似氣味那般短暫、那般容易消失，但比較缺少回味的餘地。

正因為氣味稍縱即逝，不易捕捉，因此，它的剎然出現，特別予人一種奇遇的意外感，彷彿「驚鴻一瞥」，事後格外令人想念。

再怎麼專注、憂愁的人，偶爾聞獲一股芬芳——不論是鄰家廚房飄送過來的紅燒肉的醬香，抑或小巷裡裊娜翻下牆頭的煎蛋的焦香——都要暫時放下心事、分些心思，做點深呼吸，讓肺葉的每扇小室都充盈一點馥郁。

這就是氣味所向披靡的魔力了，但最最不可思議之處，是它從來不想長久地征服你，所以總是才開始，就已結束了，似乎再也尋覓不得，徒然令人悵惘；其實，它雖已從嗅覺上逸失，卻早化為一股馨香，永遠貯存在你懷念的腦海裡了。

# 茗香

夏天時候，走進街旁茶莊，便有一種避暑的味道。彷彿全身都淋漓上一股清芬、一種薄荷綠——碧中帶涼——的香意，並且那麼迅速地便沁入衣裾深處，怎麼也搧撲不去。

所有烈日下的暑熱、焦躁、緊張，驟然間就得到輕鬆的解散，於是，在充滿好感的驚奇中，你會喜愛這方最不帶銅臭氣味的交易場所——不稱「店」，不曰「行」——而是「莊」，茶莊。

茶莊的生意常是清淡的，絕不會有百貨公司搶購大減價物品的人潮，因而很容易使人留下窗明几淨的疏朗印象。

茶莊裡的伙計，也常是意態舒閒的：支頤沉思著，或者在一列長長的櫃台後，輕聲談著瑣屑的事物。由於清、靜，他們的舒閒，就隱約透出一股端莊、一股穩妥的平和，很有暮春午後的意味。

走進茶莊的顧客，可以從容挑選自己嗜品的香茗。所有的茶葉，都盛在極潔淨清氣的密封鐵筒裡，筒外貼著毛筆寫就的標籤：

普洱、壽眉、雀舌、麥顆、碧蘿春、雲峯烏龍、茉莉香片、雨前龍井、東方美人等等……。

雅致有味的名稱背後，蘊含濃縮的，是學問、是藝術，也是親切的文化；因此，光是瞥見這些小令似的雅名，便覺得有一股溫和醇厚的清芬撲來，叫買茶的人滿心歡喜，彷彿正與一個久違的無形知己相逢。

當伙計把筒蓋一掀，隨著那金屬片輕擊的琅琅聲所流溢出來的，便是汩汩的茗香了。

從來沒有人在茶莊裡是蠻橫不講理的，也從來沒有人後悔自己買了一缽茶葉的。茶莊裡所有買賣的過程都在心平氣和的狀態下進行，絕無討價還價的情事發生，因爲在這兒特殊的氣氛中浸潤久了，不論是茶莊的伙計，還是買茶的顧客，全都把本性中的缺點給遺忘了。

因此，肝火太旺的人，倒應該常去茶莊走走。

在那兒，溫柔敦厚的文化是無言無形，卻又是如此具體存在的。你可以感受得到它的清冽深遠，心中充滿模糊的感動與快樂；就在這不知不覺中，一縷茗香，已將濁意甚濃的你完全包容、過濾、淨化了。

# 藥香

在紅泥小火爐上的瓦釜裡煎藥，熬出棕褐稠厚的湯劑，似乎是我們的父母或祖父母時代的故事了。

珠黃柏麝、參茸燕桂獨具的苦香已漸從工商業社會中消失，懷念雖然喚不回什麼，但畢竟能使冷漠功利的現代人，變得較具溫情。

中藥鋪子通常都稱×號或×堂，暗褐色調的店面，隱約浮動著甘草、當歸、吉梗、苦杏仁……的好聞氣味；走進去便彷彿回到傳統的庇蔭裡，心底無端漾起一片古樸的安全感。

那眞是太具中原風味的商店了：暗棕或烏亮的木架子上，整整齊齊地羅列著一式的瓷製蓋碗——通常是白色的底，上面描繪著青龍花紋——一種典雅的、華夏的美；而老闆身後，全是一排排井然有序的小抽屜，屜子中央，垂吊下一環銅圈，只要食指輕輕一帶，小巧的抽屜便順從地拉開了。

可以說，每一隻青龍蓋碗，每一只烏木抽屜，都是一樁神奇，散發著篤厚的辛香，隱藏著濟世活人的劑片丹膏：

麥冬、茴香、荳蔻、茯苓、車前子、白菊花……

雖然這些古老的藥引獨乏鮮麗的色彩，但質樸的黑褐，經過日光微風撫觸過後的乾皺，卻反而帶給人更多的信心。

凡是對中華文化稍有認識的人都能明白，在溫和厚重的藥香之中，蘊藏了無數神農式的智慧、經驗和心血；那些背負著藥箱，踽踽獨行在深山白雲之中，採草嚐藥的醫者形象，也常在這時鮮明了起來。

中藥鋪的老闆，常高據櫃台之後，在木質砧板上，使用鋒刃呈橢圓形的刀子，把藥材碾碎；也常怡然自得地在臼形的粗陶碗裡，用一隻小小的杵，把藥末搗散或混合在一起……尤其吸引人的是，在結賬的當兒，他往往拿出那種帶鏈的、極精緻的小秤，告訴你藥材的數量和應付的錢數。所有這一切幾乎已將成爲古董的器材，和店裡暗褐簡樸的陳設，極易引發人思古幽情；因此，懷著藥包走出店鋪的時候，我們所獲得的，往往不只是實際的藥效，更是對傳統文化的崇愛、懷念之情。

只要這份情感不死，藥香便永遠存在，它不僅醫治有病的軀體，同時也在精神上殷殷照拂我們，使我們永遠能得到來自祖先的安慰。

# 麵包的芬芳

很少看見有蒼白瘦弱的麵包師傅的。

「麵包師傅」這樣一個名詞，給人的印象是——烤箱前紅潤、肥胖、愉快的工作者，臉上終年帶著聖誕老人式的笑意，腰間的布圍裙也許不太乾淨，但卻是童話裡最受孩子們歡迎和羨慕的喜劇人物。

雖然，在現實生活中，我們已很少看見戴白色圓帽的師傅了，不過，偶爾路過琳瑯滿目的西點麵包店，暖烘烘的麵包芬芳，還是常提醒我們：師傅正在「幕後」工作，那樣和氣有趣而又團團然的面孔，是不會自人間消失的。這種體悟，倒頗令人心安。

通常，西點麵包店的櫥窗裡，都貼掛著麵包出爐時間的告示，看著看著，就叫人打從心底感謝師傅體貼的提醒。其實，不需藉助這類文字聲明，只要時間一到，那雞蛋、牛奶、香草精和麵粉混融爲一的氣味，在微風中翻騰著擴散開來，不論遠的、近的、生的、熟的顧客，全都像趕集似的「聞香而至」了。

這眞是天下最喜悅的聚會：大家的目的一致，期待相同，在興奮而又帶有幾分飢渴的企盼中，不論識與不識，都會靈犀相通地覺得對方是如此可親，微笑一不小心也就閃上雙頰；似乎沒有人在呑吐麵包芬芳的時候，臉孔還是冰肅的。

這時，睜著兩隻大眼睛發愁的，該是站在玻璃橱櫃旁拿不定主意的小男孩了。的確，在這麼豐庶動人的展示裡，要他自己挑選一兩樣，而割愛其中的大部份，也委實太爲難他了；更何況除了窗玻璃裡的麵包外，興高采烈的師傅還正不斷地扛著大鐵盤出來，而那兒新出爐的熱麵包，似乎還更豐胖些呢！——相信任何敏感的人見了小男孩的眼神，忍不住都要高興地嘆息起來：這樣令人欣羨的躊躇！這樣舉棋不定的童年幸福！

因此，當麵包的芬芳開始肆無忌憚地在空中氾濫、流竄，而整條街道也惹起一陣小騷動的時候，袖珍而豐奢的人間喜劇，就在西點麵包店門口，那蒸冒著淡白水氣的玻璃橱櫃前上演了。

奔跑著去學校早自習的學生，或是趕著去上小夜班的工作職員，懷裡只需揣著一只溫熱的、裝麵包的油紙袋，空虛的肚子好像就不再那麼飢餓，焦急的心情也平緩了許多；而冬天下雨的黃昏，偶然在溼漉漉傘下，聞到麵包的芬芳，想到自己是生活在飽暖的世界上，任何淒慘溼漉的心，一下子就會給烘乾，腳下步子自然輕快許多，「快些兒回家吃晚飯」的念頭，也立刻像路旁杏黃的燈光一樣，神奇地在心頭擰亮了。所以，麵包的芬芳，是富庶小康、豐衣足食的象徵，帶給人的，永遠是一股暖意、一片心安、一份心頭爲之一振的踏實。

# 皂香

沐浴後的爽適，是一種徹頭徹尾的清醒，套一句《老殘遊記》裡的話：「全身三萬六千個毛孔，像吃了人參果，無一處不暢快；五臟六腑，像熨斗熨過，無一處不服貼。」那種心滿意足的感覺，不只是肉體上的酣然，更是精神上的一種舒暢；如此明確的雙重快樂，與其說是熱水淋觸肌膚的結果，不如說是浴皂那種純女性化的芬芳，完全融化了疲勞倦怠，而使人得到眞正的輕鬆與自由的緣故。

在現代人生活中，各種形式的汙染，已使我們愈來愈不能缺少那一方散發芬芳的小小皂塊了。

通常，浴皂都有著夢幻似的色彩：淺紫、水紅、粉綠、玉白、乳藍、晶黃，在視覺上，首先就予人一種柔和的舒適感；而當我們趾尖輕輕踏進白磁甎圍成的世界，開始除去一切衣裾的束縛，回復本然的自我，所有的枷鎖似乎也就不存在了。這時，浴皀的芬芳從四面八方湧來，反射到瑩白的磁甎上，又再折回，溫柔地包裹著毫無矯飾的我們。那種帶水意的馨氣，薰遍我們全身上下每一處毛孔、每一根神經、每一片肌膚，像一份最輕柔的摩挲和撫慰，無聲無息，纖婉細緻；因此，漸漸地，我們便只對不如意朦朧，而開始對快樂輕鬆有愈來愈清醒的體認了。

當白色細小的泡沫珠子已隨溫軟的水自身體滑下、流走，所有盤據在心、附著於身的汙穢和憂慮，也都那麼輕易地就被拭除了。我們不會再留戀什麼，不會再傷感，也不再嘆息、怨恨；浴皀的馨香，帶給我們一個潔淨的軀體，也帶來一片芬芳的心靈。當踏出浴室的一刻，我們已是一個嶄新的、振作的，重又注滿生機和希望的人了。……

一位澳洲人瑞在回答長壽祕訣的時候，只簡單地告訴記者：「如果你有煩惱，扔下它，洗個熱水澡去！」他有信心在每一次沐浴後都可以脫胎換骨，重獲一次新生；如此的人生智慧，倒是簡明直捷，一目了然，而事實上，儘可能從皀香中去擷取一點芬芳、潔淨和安寧，在今天這個擾攘混沌的人間世中，也確實有其必要。

——六十七年十月二十五日《時報副刊》

# 卷二

# 燕子飛來春半

謹以此文獻給那五年來與我攜手同行的男孩

## 一

四月裡的一個早晨，我下課回來，臂彎裡抱著書，走在通往宿舍的路上；傅鐘莊嚴沉緩的餘音，迴盪在暖融融的空氣裡，夕醉湖中，幾支潔白、微粉的荷花，輕描淡寫地在微風中點頭。我抬起頭來，碧色的天空，是那種稀薄透明的水藍，幾絲若有若無的白雲，像是正在溶化的棉花糖，把早春的陽光裝點得十分明媚。有一雙剪尾燕子，是眞的剪尾燕呢！黛綠的背、淺灰的腹，從屋頂那頭飛過來，修長輕俏的身子，優美地在空中劃了一道弧線，俯衝下來，輕輕點了湖面一下，就又朝向春日晴空，啁啾而去了。我忍不住微笑著在湖邊坐下，內心有說不出的感動和喜悅。

那也是這樣一個有陽光、有和風、有燕子的春天，一切都平淡安詳而美麗，我們不經意地邂逅了。感覺上，你好像是從春天的某一個角落裡走來，從那棵綠蔭滿地，開滿白色碎花的流蘇樹下走來、走來——其實，你一直就在向我走來的，只是，我們從來都不知道，而終於，在那樣一個淡淡的四月春日，我們隔開了千千萬萬的人群，相遇了。像兩條起點不同的直線一樣，交會在一處，自此，便並行著向前延伸，在命運的紙上，劃下了兩道明晰的軌跡。

五年了，五年的時間，從大一到研二，光陰如水，我們之間的故事，比起古往今來那些歷經風險的曠世悲喜劇，要平凡幸運得多，然而，它之於我的那份深刻雋永，卻遠甚於任何令人心動、嘆息的愛情故事。五年來，我總有許多話想說，總有許多感受想抒發，我常在獨處沉思的時候，將它們從內心的角落裡搜出來，聚攏在一塊兒，像諦視一批珍藏已久的珠寶一樣，內心竊竊地充滿了欣喜。每當這樣的時刻，我總告訴自己，在六十歲那年，我一定要寫一篇文章，寫你、寫我、寫我們共同成長的歷程，寫我們生命的春天。但是，那天早晨，當我微笑著坐在一湖春水之旁，目睹一雙燕子翩翩歸來，這幅溫柔的景象，觸動我心深處最柔軟的一面，我遂忍不住要提前在現在，先寫下一段感恩的序言了。

認識你，是在大一下，我還不滿十八歲，一個迷糊幼稚、多麼容易令父母擔心的年齡啊！尤其在這以前，十七年來，我一直生活在南部樸實無華的家裡，在父母的羽翼下，在一個單純得不能再單純的環境裡，每天有課時上課，沒課時談天說地，除了聯考、讀書、聽聽唱片、寫寫日記外，沒有什麼太複雜、奇特的事。然而，自從負笈北上、開始了四年的大學生活後，書看得多了、人際間的接觸頻繁了，隨著思想面的擴大和生活方式的驟然改變，我開始思考一些重要的人生問題，開始去學習如何處理網狀的人際關係，更重要的，要開始建立起自己的生活態度、人生原則，去發掘一個新的、真切的、深刻的自我來。

那年春天，新鮮的感覺，尙未消褪，滿校園裡紅豆湯之夜、土風舞聚會的海報，依然攪得我恍恍惚惚，我踮起腳尖，舉目四望之際，只覺得自己是在一大片繽紛中茫然地飄浮，我的思想、情感都尙未定型。生命，對我而言，彷彿是樹上一顆青澀如豆的小果子，一切都還不夠圓熟；我仍在追尋、探索、想肯定一些什麼。

而物理館前，那株樹影深濃的流蘇，竟然在一夜之間，開滿了積雪般絨厚的小白花，像急急奔流的泉水一般，不由分說地就全湧進妳的雙瞳、妳的胸臆裡來，讓人措手不及，無法抗拒。我曾痴呆失神地立在遠遠的地方，遙望一樹春華，內心被一股深沉綿柔的力量撞擊著，說不出那種似眞似幻的感覺，只覺得那是一種美好的呼喚、一種照人眼明的初醒的象徵，一種乍見生命光華、頓悟了一些眞理時所感到的喜悅……。而你，就在這人生中關鍵的時刻裡，微笑著走入我的世界、我的生命，爲我的成長，帶來了燦爛的提昇，以致於每年，當我重見枝頭又滿綴著細碎毛茸的小白花時，內心裡所勾起的，不僅是一樁回憶，而是千千萬萬種，把愛、把希望、把熱情和理想，與春的明媚，整個揉合在一起的朦朧感覺。

我是學文的，學的是中文，而你，卻是學工的。在認識你以前，曾聽人說，工學院的男孩子，缺乏靈氣，說起話來，常都有言語無味的毛病。我不知這是不是眞的？第一次，你帶我走進工學院時，那單調長直的走廊，一系列佈滿厚厚塵埃的玻璃，還有灰色的門窗、灰色的桌椅，它給人的感覺，的確不像文學院那樣富於古老、安雅和羅曼蒂克的氣息。但，我還是不由自主地喜歡這裡，只因爲這裡是另一種風格、另一種氣勢，我接近了你，認識了你，因而能夠了解，在表面那層灰色的膜下所孕育著的，原是如何充盈、豐富的生命！

大二時，我們常一起上圖書館，一起並坐在椰林大道的草坪上聊天。我喜歡把文學史上一些饒富趣味的小故事告訴你，把我所喜愛的哪句詩、哪首小令、哪段文字，指給你看，聽聽你的意見，與你辯論一番，或是收獲那一份莫逆於心的共鳴。不過，我最喜歡的，還是翻弄你平整紮實的精裝課本；那橫書的斜體印刷字，那一道道曲線，那一串串我所看不懂的方程式、符號，總在我心底激起一種驚喜欣羨的感情。我中學時代的代數幾何，一向在及格邊緣打轉，數學在我心中，早已成為一門莫測高深的學問，因此，我總以為能吸收、接受這類知識的人，是不可思議的天才，你常笑著說我幼稚，啊！如果說，這也是一種幼稚，那麼我寧可在心底永遠對你存著這一份幼稚的仰慕。

二

你出身於清苦的農家，平常寒暑假在家裡，必須下田幫忙。陽光的照耀、雨水的沖洗、刻苦自勵的生活磨鍊，把你鍛鍊成一個腳踏實地、寬厚坦然，而又具有獨立精神的人，這和出自小康家庭，從未為衣食擔過心的我，是大不相同的。尤其又因為我學文學，長期接觸唯美、唯善作品的結果，使我變得較為理想主義、多愁善感，你則因為理智冷靜，喜歡講求實際和效率。價值標準的不同，以及思想、個性、人生背景的差異，使我們在起初那段互相接納、適應的日子裡，也曾有過一些爭執和誤解，任性好強的我，有時愛堅持己見，不肯相讓，而你，卻從來不與我斤斤計較、意氣用事，因之，我們之間雖有齟齬，但卻從來不曾傷害對方。其實，說起來，你並不是那種很殷勤、很懂得去討女孩子歡喜的人物，你有時甚至顯得木訥，但是，正因爲你心地溫厚善良、處處爲我設想周全，覺得在不傷大雅的地方應該包容我、讓著我，因此，才使得我們的世界瀰漫著一片和諧的氣氛。

過去，我一直理所當然地以爲，這就是男女交往時，女孩子所應擁有的特權。可是，隨著年歲漸長、生活體驗的日增，我才終於發現，自己一直是在沾沾自喜地犯著一個什麼樣的錯誤，你笑而不語地等待我去發現這點，已經有很長的一段日子了——感謝你，曾對我具有如此的耐心和信心！

如果，我說你堅強的人生意志，像一座屹立不動的高山，說你的個性、你對我的感情，像一條潺潺而流的小溪，又有什麼不對呢？高山，使人產生心嚮往之的興奮，而小溪的雲影天光所帶給人的，卻是溫柔敦厚的潛移默化，我一直以我雙手所捧掬，內心所盈滿的幸福，而在心底充滿無比感恩的感覺。

大四下的時候，瑣碎繁雜之事，紛沓而至，生活在不斷變動之下，像一個急速旋轉的走馬燈，不太捕捉得住；校園裡來來往往的，常都是腳步匆匆的人群，一種屬於「使君子科」的欖仁樹，也在五月的風中，翻飛著大片大片油綠發亮的葉子，到處瀰漫著初夏的氣息。我們便在這濃密溫熱的季節裡，一起準備考研究所，一起等著放榜，一起在預官的錄取名單中找你的名字，一起共享雙雙考上研究所的那份快樂（這是我們生命中第一季豐收），一起畢業，一起計劃未來。日子很忙碌，並且有一些無形的壓力和責任感在，但是，並肩而行，風雨同舟，共同為一個理想而付出的努力，使我們內心中彼此相屬的認同感，愈來愈具體。終於，在那個夏天，當星月流輝，四目相對的時刻裡，一份基於了解、關懷和深厚情感的許諾，一份不需言宣的默契，就在內心深處寫成了，那時，我才發現，「心有靈犀一點通」，是一樁多麼美麗奇妙，多麼令人驚喜的人生體驗啊！

進入研究所以後，我們都變得更忙了。教授們嚴格的要求，以及自身所負的使命感，常使你離不開研究室，我，離不開圖書館，我們相見的時候，總是匆匆忙忙的，相見的次數，也比大學時代要少，可是長期的體驗與深思，使我對共享的定義，有了新的看法。我以為，只要彼此心中，有那份許諾、默契在，見面與否，都無損於彼此對對方的惦念和關愛，是誰這樣說：「若是兩情久長時，又豈在朝朝暮暮。」唯其因爲我們重視「共享」的意義，珍愛過去、現在和未來任何一點一滴的情感，所以才能眞正爲各人獨立的努力，付出全心全意的關懷與信任。

我很高興，我們畢竟都還年輕——年輕，使我們對未來充滿嚮往，對人生懷抱著理想和希望，並且，知道如何努力以使理想實現。如今，我們所持的第一個理想，已漸漸有根、有基石了，回顧過去這一段歷程，怎不令人感慨又感動呢？

記得大三時，我曾經對你說過，我對於一個親手建立的家所持的憧憬——我說，每次看描寫早期美國西部的電影，心裡常會興起油然的喜悅；那一大片芳草連天的綠色原野，在夕陽西下，雲彩滿天的時刻裡，似乎總有一群騎著馬、收起槍，囊裡盛著獵物的父親與兒子，歸向睽別一天的家園。草原上常響起類似「紅河谷」那樣悠揚、親切、微帶蒼涼意味的音樂。

而另一頭，在那圓木所搭蓋的小屋內，有腰繫花邊圍裙的母親，正彎著腰，從烤箱裡，端出一盤香甜誘人、冒著熱氣的蘋果派來；當地偶爾抬頭張望，透過薄紗窗簾，看到離屋漸近的丈夫兒子時，便會情不自禁地一手搓著圍裙，一手整理微鬆的髮髻，忙亂快樂地衝到稀疏的籬笆外，流露出一臉專注柔和而期盼的光采，目迎那列疲憊但卻興奮的人馬歸來，那隻強壯巨大的花色牧羊犬，也不知如何是好地就在她腳邊，急切地打起轉來了。

不知為什麼，每次一想起「家」這個字眼，就不期然地要在腦海裡浮起這動人的景象，我似乎已能聞到那簡單的小屋裡，圓木頭和蘋果餅所透出來的淳樸的芳香，感覺到大夥兒圍坐在桌前，脫去了一身的勞累、辛苦，餐桌上所籠罩著的幸福與溫暖，這就是「家」！而我，許久以來，一直就是個「家」的信仰者、「家」的追尋者，我常暗自思忖，在我的能力，還不足以像史懷哲醫生那樣，能為苦難的人群、憂傷的時代，做全然的奉獻時，我願在紛忙雜沓的現實世界裡，為一個平凡的家，為那少數幾個人，做一生的犧牲。在我心目中，「家」，就是幸福的象徵，「妻子」、「母親」、「主婦」，實在就是「英雄」、「偉人」的代詞啊！

說了這許多瑣碎的片段，大概只充分顯示出我實在是個平凡得出奇的女孩吧？不過，我珍視這一份我所能掌握的平凡；只要生活得真誠而充實，做一個平凡安詳的女孩，一樣是樁可貴的恩典，是不？不瞞你說，自從進入研究所以來，我更常深深覺得，身為一個女孩子，學問知識的追求、事業地位的爭取，並非不重要，但，一雙纖巧能幹的手、一副委婉體貼的好心腸，是更具有某方面的特殊意義的；如果上帝賦予我們女性的生命，我們爲什麼不把這種柔韌細膩的特色，發揮得淋漓盡致呢？我寧可做一個無知無識，但卻溫暖平和的女孩，也不願成爲一個邋遢粗心、不懂得生活、不具備女性氣質的人，《浮生六記》中，獨具慧心的芸，便始終是我願修盡人生學分去努力做到的——那麼一個成爲三白生命中紅粉知己的女性，她的可愛，她對生活藝術的體認，她對三白奉獻一生、毫不懷疑的情操，雖只是小我的情感表現，但卻是多麼動人？多麼古典？儘管在現實世界中，我仍是一個需要好好學習的女孩；儘管個性上的弱點，常使我在自我提昇的過程中，屢起屢仆，但，可堪告慰的是，自己對人生目標的肯定，從來沒有動搖過，自己對人生理想的努力，從來沒有間斷過，我願全心全意去開拓我的，以及我們的人生。

哦，未來的日子，會是怎麼樣的一種境界呢？記得有一回，爸爸故意問我：「如果妳和他相處了一段很長很長的時間，感情已經到了盡頭的話，妳怎麼辦呢？」我笑了，腦海中立時浮起結褵數十年，兩鬢斑白，兒女皆已長大成人的老夫妻，緩緩地在公園中散步的情景。他們已攜手同行了一輩子，青春，早已遠離他們而去，生命的光和熱也漸漸消淡，然而，當他們彼此注視著微笑的時候，卻依然充滿了無比和諧的美，因此，在我的思維裡，只要是眞正的愛、只要是眞正深厚不渝的情感，它便是日新又新、永遠不會有止境的。也許，在每一個不同的時期，每一個不同的階段，它都有不同層次的境界，但是，時光的流轉，人事的變遷，永不足以磨損它的光華，反而只會將它淘洗歷鍊得愈來愈晶亮柔潤罷了——你說呢？

三

如今，你我都已是研二的學生了，生命雖仍如日初昇，卻已離開過去那夢幻似神話的階段漸遠，感情的樹，在兩人共同呵護、培育下，也已由一粒還在心中萌芽的種子，漸漸榮發成一株碧蔭深濃、欣欣向榮的嘉樹了，盤結糾錯的根，深深抓住我們心田的泥土，有什麼狂風暴雨的摧折，能對它造成致命的斲傷呢？生命一如流水，五年來有陽光、也有斜風細雨的日子，造就了這一份堅固不移的肯定，回顧過去，重溫往事，實在令我感極欲泣！還記得那次安妮和麥克的婚禮吧？充當儐相的我們，在樂聲悠揚中，手捧花束，走向地毯的那一端，雖是別人的婚禮，內心卻仍不免有一份莫名的喜悅和渾沌的幸福之感；有時，如果你確實肯定那走在你身邊的，正是你可以完全包容、信任，可以無所不談的人生知己時，不論過去曾有過如何的崎嶇、誤會，未來又將有如何的顛簸與風險，內心總還是快樂的、充滿希望的，是不？

我們的人生還很長，也許，在以後的日子裡，你我都將遭到很多的挫折和打擊，可是我知道，我們都必將站在彼此的身邊，共享人生的一點一滴，互相扶持、互相添注勇氣與力量。也許，失敗可以把幸福從我們身上攫走，可是，它攫不去的是，我們對對方的關愛、對生命的執著，以及對幸福追求的熱情，感謝上帝，曾使我們有過如此充實美好的五年，使我們從感情中學到了太多的東西，儘管我並不是個教徒，但，在這裡，我仍忍不住要闔起雙掌，懷無比謙遜之心，默默感恩，並願天下所有有情人，都能從全然的愛和奉獻中，體悟某些眞理。

——六十五年一月七日《聯合副刊》

# 陽光輕輕落在你我的肩膀上

那天早晨，你在士林結束了預官分科訓練後，穿著草綠色軍裝，出現在我面前。十二月的陽光，穿過樹梢而來，輕輕落在你我的肩膀上，緊握著雙手，我們不禁都微笑了。

你指著領際那枚新別上去的金色徽章，興奮地對我說：「小蕙！我已經官拜少尉了！你看，這條橫槓就是表示官階的。雖然，少尉只是這樣，」你伸出小指頭以表示它的低微，可是，你繼續說：「少尉也有少尉的尊嚴！」我抬起頭來，注視著你的微笑——啊，那誠懇戇稚，似乎永不會被時光所淘洗、所抹煞掉的笑容，在那一剎間，竟被一股湧自內心的強烈肯定所照亮了；在訝異之餘，我不禁深深感染了你的喜悅、接受了你的喜悅，同時，也爲你的這份喜悅，而有點肅然起敬起來。

——原來，你這麼喜歡你所扮演的角色、這麼重視你所擔任的職位、這麼樂於接受你即將承負的責任；原來，你活得這麼認眞而實在，這是我以往所不曾特別注意到的。我望向你背後那高遠明淨、一望無際的藍空，感嘆得久久都不曾說出話來，在那一刻，我對你有更多的了解；我知道，即使只是身爲一名下士，你也會懷著赤子一樣的熱情，去肯定屬於你的職責的。

因此，那枚在陽光底下閃閃發亮的金色徽章，不僅說明了你官拜少尉的事實，同時，也象徵了一個軍人所應有的榮譽感和敬業精神。一枚徽章，只不過是一枚徽章而已；可是，當你賦予它以全心全意的肯定、重視、甚或一份昂然的驕傲時，它就完全不一樣了，是不？就是這些肯定、重視和驕傲，使我深深相信，在服役期間，你將是個好軍人，而將來，即使你卸去戎裝、步入社會，你也會懷著一片愉悅莊嚴的心情，去從事你所面對的工作的。

我不禁朝你那張年輕、淳樸、似乎永不會被歲月風化的臉，多看了幾眼——「哦，」——我幾乎想這樣說了：「在我心目中，你是永遠佩戴著生命的金章的！」

——六十六年一月十八日《中央副刊》

# 短歌行

一

我對你有許多想念，你的背影，常觸動我內心中最柔軟的一面；你我之間，是一片溫馨、平和。

夏天裡，夜空的星星似水鑽，涼潤的晚風，好像大地均勻和諧的微鼾，真誠憨稚的笑容，常漾在你的臉上；我的內心，有水光浮動；啊——告訴我，在這美麗的夜晚，當我的眼眶微溼，雙頰漸紅的時刻，我內心中那一片無邊的綿柔，究竟是什麼？……

你的身影，常引起我許多遐思，觸動許多想念，在這月明如素的夜晚！

二

有一朵紫色的睡蓮，浮在清淺的池塘裡，一塵不染地擎著她的高潔，美麗而孤獨。

在許多日子裡，我從她身邊走過，濃縮著無盡的關切，和一絲仰慕，想輕輕招呼她一聲，她總是漠然，只撐著一把淡紫的傘，任微風戲弄她的長髮，好像若有若無地在搖頭……。

昨夜，驀地聽說紫色的睡蓮已去，在這個世界上，再也看不到她的影子，我的內心，遂像一株淺淺的藍，從微溼的畫布帶過一樣，染上模模糊糊的悲切。

啊，紫色的睡蓮，她原是善良而孤獨的，雖然人們曾對她有過許多誤解，但我仍然關愛她，只因爲我深深了解，在一臉的孤高冷漠之後，她渴望別人更多的關愛。

如今，紫色的睡蓮已去，當人們的竊竊私語平息，有誰能爲我買一張寄往天國的信箋，好讓我獻上幾許微弱，但卻眞誠的關切，去溫暖她久已孤寂的心？……

夜漸深，星星無語，紫色的睡蓮，安息吧！

——六十三年六月台大中文系系刊《新潮》

# 桑葉上的童心

又是養蠶的季節——街頭、閣樓底下、公共汽車上，總之，只要有兒童的地方，便會看見一些背著黃色書包的小學生，手捧一盒蠶，像捧住一盒珠寶，那樣聚精會神地俯首細看掌中幾許生命。

成人的漠然，減低不了他們盎然的興趣；鼎沸的市聲，也分散不了他們虔誠的專注。那低垂的頸項、那粉嫩的雙頰、那好奇而又安靜的表情，還有那一眨也不眨的黑眼珠，即使，它們不曾有意向這個世界宣洩什麼，但卻怎麼也掩不住那一片燦爛純眞、呼之欲出的童心。

我不禁爲之佇足，不是爲蠶，而是爲桑葉上的童心。

是的，桑葉上的童心！

兒童的世界，原是多麼簡單？多麼精巧？多麼容易滿足？幾片桑葉、幾隻食桑的蠶，便構築成一切。然而，他們的單純，不正是他們的富有？他們的富有，不正因爲他們擁有一顆晶瑩潤潔、無渣滓、無纖塵的童心？

在逐漸成長的歲月裡，我們受傷的疤痕，已使童心黯淡；開始世故的表情，也使童心消蝕；我們可還會在每年春初，去尋找桑園、去細心拭淨葉片上的水滴、去發呆地望著蠶兒蛻皮、去飼養一盒生命？

不，童年歲月離我們遠了，再也無法跨步回去——我們只有佇足，從養蠶孩子的身上，拾起過去的回憶，重溫那曾經養蠶的日子，檢視那一度屬我的童心；然後，將眷戀的目光收回，向逝去的時光說上一聲再見，繼續邁開步伐，在人生道上向前行去。因爲，啊，只因爲光陰似水，生命匆匆，它，只容許前瞻，卻不容許太多的回顧、太久的停留……

——六十七年四月十九日《中央副刊》

# 有一種愛

有一種愛，使我們的眼神清亮、胸脯挺直；使我們寬朗的額頭散放不可侵犯的光輝；使我們緊握的雙拳迸發無可抗衡的力量。

那是經過五千年的鎔鑄鍛鍊而成的，再也沒有什麼能夠破壞它、摧毀它、消蝕它。

它不是鋼，但比鋼更陽剛。

它不是水，卻比水更陰柔。

這舉世無匹的泱泱大愛，這高貴凜然的龍族稟賦，充塞天地、貫穿歷史；多少年來，從我們第一個祖先開始，便綿延不絕地薪傳了下來。

因著它，我們曾在痛苦裡忍辱負重地成長；因著它，我們曾在磨難中相互體恤地安慰；如同河沙中的純金，越淘洗、越晶亮。

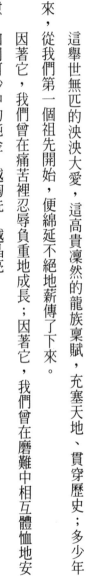

它使我們愛土地、愛文化、愛中國、愛幸福、愛和平，愛一切善良，也珍愛人間一切美好。

做爲一個中國人，它是我們最大的驕傲、最足以自豪的光榮、最令人心折起敬的成份。

如今，這一份愛，卻在我們心底翻攪著、奔騰著、輾轉著、澎湃著；那樣深沉、那樣劇烈、那樣滾燙。

它使我們繞室而行，再也無法沉默；它使我們在黑夜的松山機場外綿延起數公里長的亮麗旗海；使我們爲這個「君子道消、小人道長」的世代扼腕浩嘆！爲愚昧善忘、不能汲取歷史教訓的「洋基佬」深感悲哀！

在我們的字典裡，不悟的「執迷」卡特，將永遠是一個可恥可恨復可笑的記號。

我們從不輕易落淚，可是，如果我們流淚，如果沈痛的熱淚曾沿雙頰而下，那絕不是軟弱，而是我們愛得太深太深的緣故。

這一份愛，將永不熄燼，永不死滅。

在它熾熱耀眼的燃燒中，台灣——我們的中國，必將創造舉世驚異的奇蹟；也必將使夢裡的滾滾黃河、湯湯長江、浩浩大漠，以及長白山上森森冉冉的碧樹，成爲可以自由棲止的勝境。

台灣——我們的中國，容我們流驕傲不屈的淚，以響徹雲霄的聲音，爲你可預見的黎明歡呼！

——六十八年一月二十四日《中央副刊》

# 欣欣行

## 富庶・豐饒・繁華

當車子越過松山交流道，開始平穩地在高速公路上飛馳時，銀灰的淡水河漸遠，晨中初醒的觀音山漸遠，而台北，這個熱鬧繁華的大都會也漸遠了。

滿載沙石的大卡車，流線型的國光號巴士，紛紛自窗外掠過；十一月金色的陽光下，寬坦的柏油路面筆直向前延伸，兩旁齊整的水田也恣意朝左右擴張。天空在很高的地方藍著，山巒在很遠的地方綠著，清淺的秋光似一層水波籠罩一切，也洗滌一切，我的內心遂充滿一種奇異的寧靜。

如果，富庶的定義不只是琳瑯滿目的市招和櫛比鱗次的櫥窗；如果，眼前欣欣向榮的生意可詮釋為另一種豐饒，那麼，終年步履匆忙的我們，對於島上的繁華，可還有過其他的探索與了解？

車子在日光大道上不斷地向前奔馳著，衝破了坐井觀天的繭，長年禁錮在公寓陰影之下的視界開展了、明亮了起來；於是，我快樂地知道，經由這一次的欣欣之行，我終將從狹窄的天地、繁忙的瑣事中走出，去接近另一批人，去認識另一種豐饒，去擁抱這一大片生於斯長於斯的土地。

## 安詳・滿足・驕傲

我十分喜愛那個稱呼，那個「兄弟」的稱呼。

我也喜愛那份驕傲，那份對「家」的驕傲。

當車子在桃園第二榮民之家停下時，夾道歡迎的行列正迤邐在走廊上。那些快樂平和的老人，一律穿深藍色的短大衣，帶著謙謹溫煦的笑容輕鼓著掌，多皺的臉上浮漾出純眞與滿足。我隨著人群從中穿過，心底湧起無比的感動。

——誰能不感動呢？這些飽經風霜的心靈，這些曾經馳騁戰場的英雄，這些沒有兒孫照顧的老人，在如流的歲月中，輾轉奔波了一個甲子以後，如今終於找到可以休憩的「家」，享受到暖如親情的撫慰了。

在這裡，他們可以放下過往的喜怒哀樂，放下人生的重擔，怡然地談故鄉、談身邊瑣事；也可以聚精會神地在棋盤上對弈，在草坪上散步，在簷下逗弄籠裡的畫眉，在一方方親手圍成的苗圃前端詳打著苞兒的花；或者，什麼事也不做，只遙望午後的白雲沉思，安閒地打個盹。

走進那雅潔而舒適的小室時，我看見他們摺疊整齊的床褥；簡單的房間裡，有稜有角的「豆腐乾塊」，煞有介事地在述說他們晚年生活中的朝氣與振作。

我也看見長桌上陳列著他們用彩線編成的塑膠籃和細鐵絲扭絞成的斗杓。那樣樸實而富於趣味的小東西，安靜地向來人展示它們的精巧細緻；於是我深深意識到，雖然他們乾皺的手背上也許盤結著青筋了，但那仍是一雙青春有力的手，而絕不是抖索發顫的枯掌。

一位姓張的老榮民，在挨到我們身邊時，愉快地說：

「我們兄弟在家裡，眞是老不虛生啊！」

雖然他的腿有些跛，但仍然起勁地帶我們去看診療室、看寬敞的餐廳、看瑩白的磁磚圍成的廚房、看巨大的洗碗機矗立在廚房中央。

他是那麼地驕傲與興奮，像一個稚氣的小孩，忙於展示最珍貴寶貝的東西；剎那間，我彷彿覺得自己正走入〈禮運篇〉「老有所養」的國度；在那裡，年老不是悲哀，不是痛苦，年老是一種光榮、一種幸福。

如今，我仍不能忘記那些幾乎長我半個世紀的老人，以及他們安詳中的滿足與驕傲。每一思及他們，我便忍不住以讚美的心情，感謝那些爲老人支付情感和照拂的人們——因著他們，白髮不再是衰萎的標記，而是人間值得仰望的冠冕。

## 陽光・綠池・樹影

站在小徑的這一邊朝右看，天地忽然澄澈起來，縱橫阡陌所圍成的，不是千頃良田，而是一方方澄碧的池塘。

正午十二時，綠池在陽光下像一面面鏡子似地反著光，徘徊在水中的，除了天光雲影之外，還有悠然銜尾的游魚。

甫看了幻燈片出來，深秋的陽光即友善地輕覆在眼睫上。同行參觀桃園魚殖處的每一個人，都站在油加利細碎的樹影下，帶一臉好奇的微笑，眺望這規劃井然如棋盤似的水域。

今天，不是捕撈的日子，水岸上除了偶有呱呱追逐的大白鵝外，沒有漁人。幾間樸實的紅磚小屋均勻地座落在盈盈綠水之湄。清淡單純的景致，鋪展出一片潔淨安寧的世界，像極了微風中熟睡的母親，恬然而又酣然。

但，臨池小立，也依然可以想像，在收穫季節裡，所有綠池歡騰活躍的場面。那時，細如毫芒的魚苗，已在辛勤仔細的照料下，成爲活潑潑肥嫩的大魚了。水岸上，四處喧嘩著愉快的歡呼；水塘裡，亂映著興奮走動的人影，而黧黑殷實的臉上，也勢將綻出一朵朵燦然的笑意來。

不必出海遠征、不必令妻女惦掛，在風平浪靜的天地裡，只要流過汗水，就能有充實滿意的漁獲，天下可還有比這更令人心動而躍然的報償麼？

於是，在寂靜中，我幾乎可以聽見那矯捷滑溜的魚尾，撲打翻跳在網裡的脆響。

遠處，養鰻的池子裡，打水機忽然開始翻轉起來。每一片薄利如刀的扇葉都俐落地橫切過水面，削出如珠玉碎屑般的水花；而一經風聲過濾，馬達的抽動聲，竟像是輕軟的呢喃了。

一位戴金質細邊眼鏡的接待人員走過來，細心地解釋說：

「鰻魚的養殖較困難，需要較多的氧，所以養鰻池裡都裝了打水機。」

我微笑點點頭，領受他的好意，同時凝望那塗上草綠油漆的打水機、凝望養鰻池，也凝望整個遼闊寧靜的水域，深深喜愛這個地方。

「在這兒，」他隨著我的視線望向遠方，彷彿猜透了我的心意，有所感悟地喃喃：「榮民都是以池爲家的！」

「噢！」

以池爲家！我的心微微顫動起來，那個親切的字眼又在耳際響起；而我，是多麼樂意一再地去聽他們口中那個「家」的稱謂，在心底去分享他們擁有「家」的快樂、去重溫他們對「家」的信任與歸屬感啊！

當起繭的腳已走遍天涯，當疲倦的心已開始渴望一個安穩的休憩之地，忽然有一雙溫暖的大手，爲你安排了舒適的家，就在陽光下、綠池畔、深濃的樹蔭間，人生可還有比這更可羨的幸福麼？

「以池爲家！」當車子已駛離那一大片汪然的水域，我仍不斷地在玩味這方整動人如一則小品的話。

## 疾風・勁草・台中港

車子才向右轉上六十米寬的臨海大道，還來不及抬眼，凌厲如浪的勁風就劈面撲來了。刮起的細沙粒在窗玻璃上猛叩，發出珠玉相擊的聲音。行人道上，新栽的幼苗全用遮風的竹板護住，但細弱的枝條仍被吹彎了腰。

「好厲害的風呵！」

「台中港怎麼建的？」

車上有人吐舌，有人詢問。

雖也想附和，但路側那幾個醒目的大字猛地打入眼瞼——

「吾心信其可行，雖移山塡海之難，亦終有成功之日！」便不禁肅然。

而視野所及，黃棕色的海港大樓巍然矗立著。疾風帶起一圈圈塵土繞著它打轉兒，卻怎麼也推不動它；在廣闊的平野上，它看起來是如此孤獨，卻又如此地堅強，如此地不可侵犯。

於是遂發現，信念的支撐可以化無情的疾風爲溫和的輕撫；外在環境的惡劣，也終能被心靈的力量所克服。上帝曾造海，荷蘭人曾造陸，而在呼嘯如鞭的厲風中，我們已傲然地把台中港的奇蹟完成；面對終日與風沙搏鬥的英雄，除了肅然敬服外，我只有沉默。

港內，原以爲會光秃不毛的鬆軟沙地上，倔強的木麻黃竟也成林成陣。疾風雖似過份戲謔的兒童，把它們根部的土全部刨乾刨裂了，但挺拔如前衛的行列，依然咬牙忍受吹襲。在這裡，一草一木都經過最嚴格的試煉，都掙扎著在成長，人行到此處，不能不感動。

隨著行程表上的安排，看完幻燈、聽取簡報後，已是薄暮時分。車子在前導下緩慢地繞行台中港；夕照中停泊港外的貨輪格外有一種引人遐思的壯美。

凝望窗外，即使隔著一段距離，藍灰色的海面上，仍依稀可見，筆直綿延的南北防波堤，恰似伸出的左右兩臂，強有力地緊護住港灣。

這兩座睥睨汪洋、永不被搖撼的海上長城，是將數十座龐然穩固若磐石的沉箱，由沙地拉向深海，完美地組合而成的。那凌跨千頃烟波的浩壯氣勢深深震動了我，於是，我頓然領悟，滄海桑田已不再是只有大自然才能完成的手筆。

堤下，厚重如巨型積木的菱形塊整齊堆聚著。洶湧的浪濤，驚心動魄地一波波擊來，彷彿要震碎什麼似的；然而卻只能徒然捲起千堆雪，無法拍裂堤岸。

——如果，大自然是頑強的，那麼人類如鐵的意志是否更不可侵犯呢？

暮色蒼茫中，我們結束了這次浮光掠影的訪問。捲起一蓬蓬塵砂的疾風已被拋在身後、被遺忘，但風中毫不屈服的木麻黃、整座台中港，卻成爲深刻強烈的印象，永遠儲存在記憶裡了。

風雖疾，草更勁，台中港不就是疾風中的一株勁草？

## 梧棲．海鮮．男子漢

窄窄的街道上，那繪著八腳章魚的招牌，沿邊掛了一圈紅紅綠綠的小燈泡，遠遠看見，完全是台灣料理的市井情調，很安樂、很平和，也很鄉土；童年時代輝煌清亮的夜市記憶倏地浮上心頭。沉思中，有人說這是梧棲最負盛名的海味餐廳。

跨進門檻，才發現內部竟十分寬敞。底樓的櫥櫃裡擺滿了待價而沽的貝殼和珊瑚。沿一條狹長如貝展走廊的甬道繞至後進，便是迴旋而上的樓梯。那裡，開闢台中港的榮工弟兄等我們已經有些時候了。

即使在無風無浪的地方，這些長年與風沙搏鬥的英雄，也依然不減豪放粗獷的本色。大塊吃肉、大碗喝酒，那究竟是一種什麼樣的滋味呢？

坐定之後，盛裝各色海鮮的圓盤不斷端上桌來。排列整齊的雪白生魚塊、膏脂般流出的橙紅蟹黃、炸成金色圓球的蚵仔團，以及火焰在盤裡熊熊騰起的鹽蚌，都很能滿足每一個初至梧棲之人的好奇。而沾上草綠的辛辣芥末，佐以溫和醇厚的花雕，酒過三巡，英雄的豪興也因而大發了。

我靜坐一旁，細聽榮工弟兄暢談往年軍中趣事。

他們毫無矯飾的粗壯嗓門、直起脖子發出的爽朗笑聲，不但不覺噪耳，反有一種鬆快俐落的豪邁勁；燈下，那些逸興遄飛的臉孔，都深蘊原始粗獷的陽剛之美。

他們是不懂得說悄悄話、不慣於狹窄拘謹、矯揉造作的。於是，我想起沙地上面對萬頃浩瀚的台中港，以及那席捲而來的漫天風沙——也許，在所有的教師中，大自然才是最好的一位吧！——它把渾樸未鑿的風範和海闊天空的襟抱都授予了榮工弟兄，於是他們遂成爲頭頂戴著天、腳實踏著地，鐵錚錚生活在朗朗乾坤中的男子漢，毫無窒礙，也忘卻了心機，只渾厚坦蕩得可愛。

因此，在梧棲吃海鮮的那晚，眞正難忘的，不是盈桌鮮嫩適口的海味，而是那些爽朗痛快的人，那些黝黑誠實的臉孔。

## 白雲・翠谷・福壽松

去梨山的那天，晴空一絲雲也沒有，天氣好得出奇。

迴旋而升的山路上，觸目所見，都是挺秀俊逸的蒼松。在都市生活久了，乍見向陽的翠谷裡，盡是只能在國畫中一見的古松，便彷彿沾染了那份寧穆高潔，心中充滿朝聖的感覺。

事實上，我們也是來朝聖的；因爲，在這白雲環繞、蒼松挺立、山谷長青的世界裡，處處充滿了一代偉人的遺澤。

而眾多蒼松中，獨有一株與偉人之名不朽，那便是梨山上的福壽松！

據說，先總統蔣公生前最鍾愛這株參天古松。它崢嶸挺拔的主幹、蒼翠衍密的枝葉，深具恢宏莊嚴氣象；遠望之下，又如草書「壽」字，於是古松遂幸運地被命名爲福壽松，梨山農場也易名成福壽山農場了。

這株象徵偉人風骨的蒼松，多年來始終為人所瞻仰。然而，據說蔣公染恙時，它竟不可思議地逐漸凋零；蔣公過世以後，原本生意盎然的枝葉竟也同時枯萎。如今，僅餘永不傾斜的樹幹，直指碧空！

這樣一則近乎神話的眞實故事，在白雲翠谷間廣被流傳著。

肅立福壽松下，摩挲枝幹，憑弔偉人，實在不由得人不相信天人感應的說法。

徘徊良久後，我們終於在和煦的陽光下，離開福壽松，登上山頂的達觀亭，俯瞰整座梨山。

車子在一泓深碧的小池畔停下，這便是標高兩千五百七十五公尺，終年都不乾涸的天池了。幾株遒勁的老松臨池而立，達觀亭便在天池前——在這視野廣袤，一覽眾山小的天地中，誰人不達觀？

山頂眞是一個獨特的小世界。四周的國父峯、八仙山、大雪山、尖山、南北合歡山，像蓮瓣一樣起伏著，而平坦如台的山頂，便是層層蓮花的花心。

我站在花心中央的達觀亭上，憑欄遠眺國父峯，訝然於那起伏的山線，竟如此酷似國父安詳仰臥的側影。據說，這也是蔣公生前眺望雲影所發現的。

山下，成疋的白雲綿綿冉冉，令人久久不忍離去。白雲、翠谷、蒼松、國父峯、蔣公曾怡然休憩的達觀亭——梨山何其有幸，竟獨鍾如此毓秀！長據山頭，仰視亙古不變的蒼蒼高山和悠悠雲天，我知道，仁者之英名將永垂不朽，偉人之遺澤將長留人間。

## 蘋果・榮民・梨山春

梨山已經開墾的山坡地，植滿了低矮的梨和蘋果樹，稀疏脆弱的枝條，全用大大小小的竹竿支撐著。滿山滿谷高高低低的竹架，在不規則中自有其規則，形成一種有趣而特殊的景觀。

沿著碎石小徑，我們信步走至附近一個農莊。福壽山農場宋場長，便殷勤地帶我們去拜訪農莊裡，當初墾殖梨山的榮民。

宋場長是一個熱心豪爽而風趣的山東漢子。路上，他告訴我們，福壽山農場現有的榮民，分別安置在二十四個農莊和一個村裡。農莊分別以歷史上的朝代和八德的名目定名；唯一的一個村便是松柏村。我回想起童年時代中廣公司的廣播節目「松柏村」，自己還曾是忠實的小聽眾，心頭就湧起溫馨的親切感。

我們拜訪的是周莊裡一位黃姓榮民。

想不到在如此高海拔的山上，竟也有如此現代化的小康之家。淡綠花色的粉壁上，懸著一只自動報時的布穀鐘，拼花地板光潔爽適；起居間和廚房裡，一應俱全地擺著沙發、冰箱、彩色電視、不鏽鋼全套廚具。尤其令人稱羨的是，客廳中央嵌有一座小小的壁爐，可以想見，當梨山冬天飄雪的時刻，這座溫暖的小屋將充滿多麼豪華的感覺！

然而，榮民所以擁有舒適的今天，也並非憑空得來。

當初，在這無人開墾的山坡地上，他們曾篳路藍縷、胼手胝足地經營過；在許多學者專家搖頭不抱希望的旁觀態度下，也曾沮喪憂鬱過；但憑著一股莫名的勇氣和信心，他們還是把樂觀的種子，連同果樹的幼苗一齊栽下。

二十年來的辛苦經營，才有了今天豐碩的收穫，同時也成功地完成了溫帶果樹可在台灣高山地區種植的實驗。

梨、水蜜桃、蘋果的豐收，爲苦盡甘來的榮民帶來可觀的報償，也爲整個梨山帶來了春天。梨山，遂不再是荒僻偏遠的地方；梨山，遂不再是被人遺忘的名字。

回程時，我們買了許多蘋果，作別滿山滿谷欣欣向榮的竹架與果樹，歸途遂始終縈繞著清馨馥郁的果香。

## 淺溪・薄霜・小桃源

如果，陶淵明的〈桃花源記〉不是無稽的想像；如果，人間眞有如此寧靜幽美的勝境；那麼山重水繞的武陵農場，該是另一個小小的桃花源了。

這裡也有清淺的溪流，溪中幾點亂石橫陳；夾岸數百步，盡是碎葉翻飛的修竹與槭樹。

過了野趣橫生的兩座木橋，林盡水源，卻是一塊平坦寬廣的土地。

現在是深秋，清晨的草坪上，覆一層薄霜，朝陽正緩緩自另一山頭移向這個山頭；不到片刻，陽光便將化秋霜爲清水，滴入草隙中，去滋潤大地了。

招待所前台階上，幾個穿棉襖的果農，鬆鬆地握住犁鋤，悠閒地在晒太陽。兩隻灰色大狼犬，溫馴地伏臥他們腳下。四周很靜，只偶有風聲、鳥聲與腳步聲。

——在這個處處充滿噪音與汙染的世界裡，眼前安寧而清新的武陵勝境，豈不就是二十世紀名至實歸的桃花源？

雖然，梨山與武陵兩個農場都出產梨、桃、蘋果等溫帶水果，以及大白菜、青花菜等高冷蔬菜，但梨山因山而俊，武陵則以水而秀，各有不同的景觀，也各有其吸引人的特色。

武陵農場的場長，是劍眉飛揚的蕭將軍，待人和藹可親，但一看也知是精幹而具魄力的人物；果然，在他的領導經營下，單身榮民每月平均淨收入一萬八千元以上，有眷榮民則平均每戶收入高達兩萬元。

在武陵農場，我們受到了蕭場長「陸奧蘋果」的熱誠款待。陸奧，是當今世上最大的一種蘋果品種。

一邊品嚐這種巨型蘋果，一邊翻閱手邊淺黃皮面的業務簡報，一段精簡動人的文字便躍入眼底——

……本場位處深山……，三四月間，滿園桃花、遍山杜鵑，一片花海；六七月間，水蜜桃成熟，紅白掛滿枝頭，肥潤欲滴；八九月間，爲梨、蘋果收成季節，果實纍纍，清香撲鼻；一二月間，高山積雪，如銀裝世界……

雖然，此時武陵農場無花、無雪、無滿山的果實，但它質樸清新的面貌，依然令人深深喜愛。

陶淵明筆下的桃花源，是一個不再有問津者的神祕地方；而如今的武陵農場卻漸成遊客絡繹的觀光地——但願人與山水間能永保一份完美的和諧，讓武陵農場永遠是令人悠然神往的小桃源吧！

## 育苗・造林・高山青

青山比荒山好看——這是哪一位哲人說的？

當我們面對滿山蒼翠，當我們獨自在老樹下流連，即使青山無言，老樹默然，我們也依然能自寂靜中擷取微妙的啓示，湧生喜悅虔敬的感覺。

有何仁者能不愛山？

有何哲人不愛山中碧樹？

每一片青山都潛藏著躍然生機，每一株老樹都蘊含深沉無言的智慧。

因此，我們需要山，我們需要樹。

在宜蘭森林開發處裡，對於那些育苗、造林，讓山地林相整齊的工作人員，我是既感激又佩服的。

他們採取了疏伐、密植、水平造林、天然更新、容器育苗的種種方法，使森林開發處所擁有的棲蘭山、大甲溪、立霧溪三個林區，成爲一片森碧的樹海，蔚爲壯觀；並且爲台灣山區的造林業，帶來了光明富厚的遠景。

當幻燈片上，銳利的鏈鋸自樹根切開，一株大樹如巨人般轟然倒下時，我幾乎爲之屏息。環顧室內的書架、桌椅、家具，我才頓然領悟，滿山樹林不僅在精神上爲我們提供了可崇敬的形象；更在離開泥土後，鞠躬盡瘁地貢獻自己的軀體。

十年樹木，百年樹人。無論是樹、無論是育苗造林的植樹人，實在都值得我們爲他們付出敬意。

## 滿載而歸

斜暉裡，車子走上北宜公路著名的九轉十八彎。龜山島遂如一頭溫馴俯伏的大海龜，忽而在左，忽而在右。

山下，蘭陽平原似一張淺綠動人的畫，安詳地鋪展開來；畫裡，一列火車如玩具般有趣地通過。

台北已經在望了，三天緊湊的行程也近尾聲；凝望窗外逐漸深濃的暮色和亮起的燈光，我毫無倦意，只覺得心頭漲滿前所未有的充實感。

而低頭檢視行囊，除了馨香的蘋果、榮民之家贈送的茶杯、森林開發處贈送的袖珍書架以外，還有許多許多，是有限的行囊不能裝也裝不下的。

爲了這些無形、珍貴的收穫，我幾乎感動快樂得要落淚了。有生之日，我將不忘旅程中的溫和情誼，以及種種無價的經驗和感受。

——人實在應該常常自平板的生活中走出，去接近別人、去認識別人，去擁抱自然鄉土、呼吸幾口鮮潔空氣的；不是嗎？

——六十七年十二月二十日、二十一日《中央副刊》

後記：六十七年十一月二十三日至二十五日，行政院輔導會邀請各副刊主編、電視台製作人和文藝作家至中部參觀訪問。蒙中副主編孫如陵推薦，忝在被邀之列。歸後，深有所感，遂成此文。因往返皆乘坐欣欣旅運公司遊覽車，且沿途至爲愉快，故名。

# 安妮的一百日

安妮是美國人，她的全名是安妮・米勒・克利絲汀遜，中文名字是米安妮——一個溫柔好聽的名字。當我們第一次見到她時，大家便喜歡她了。

安妮有一頭淺棕色的秀髮，中分之後，軟軟地披在肩上，明亮微藍的眼珠十分深邃立體，微翹的鼻尖以及雙頰上幾粒散佈的雀斑，使她臉孔帶著幾分活潑和喜氣。當她第一次跨進一〇八室，成爲新室友之際，微笑並主動大方地一聲「嗨！」頓時使我們覺得，存在於彼此間的語言、生活習慣、文化背景的差異，似乎都消失了。於是，我們這七個台灣女孩，和一個來自太平洋彼岸，有心到東方來走一遭的美國女孩，便因上天安排的這個奇妙機緣而生活在一起了。

安妮的家在紐約長島，她的祖先，是早期從英國遷至北美新英格蘭區的清教徒。雖然已遷徙了有三、四百年之久，但安妮說，在美國那樣一個無奇不有的新潮國家裡，她的家庭仍極富傳統色彩——保守、嚴明、篤信宗教。不過，安妮本人卻覺得她自己和時下美國青年差不多；喜歡玩，喜歡探險，也喜歡新奇、活潑、自由；但在家教的影響下，她也並不欣賞過於放任和隨便的生活態度。安妮主張人應適度地自律，她曾理直氣壯地說：「人在追求快樂以外，還有責任啊！」

安妮早年喪父，上有寡母，下有兩個弟弟，家境並不十分富裕。當她在大學時代，偶然從雜誌的介紹及彩色插圖上，認識了亞洲後，便忽然對東方世界，產生了一股濃郁的嚮往之情；自此，遂常在圖書館中，尋找更多相關資料，盼望有一天能遠渡重洋，到她心目中奇妙的東方，來親自體驗二十世紀的東方生活。大學畢業後，由於扶輪社獎學金的資助，安妮終於得償夙願，以「旁聽生」身份來到台灣，進入了台灣大學考古系。

由於安妮只是旁聽生，不像我們一樣，有考試的束縛，有做報告的壓力；更因爲她當初到台灣來的目的，只是想體驗東方人的生活，並非追求學問，再加上生澀的中文程度，也確實減低了她聽課的興趣，因此，安妮平日極少上課，生活內容也與我們截然不同。

每天一大早起來，她必穿起一條短褲和軟軟的平底球鞋，先到操場上跑步，直跑得面色紅潤、氣喘吁吁地，才慢慢踱回寢室。這時，八點的上課預備鈴正響，昨晚開了夜車的夜貓們，正緊張地跳下床來匆忙漱洗，寢室內亂成一團。獨有安妮一人，一副元氣淋漓、從容不迫的樣子，把頭髮一挽，厚厚的大浴巾往肩上一披，便進浴室享受她的晨間熱水浴了。

浴後，安妮通常立刻換上整齊的外出服，端坐在她靠窗的座位上，手捧一杯剛沖好的濃咖啡，靜靜地看《英文中國郵報》或寫信、記日記，極其安閒怡然。

除了禮拜天必需上教堂以外，在寫完信和日記後，安妮會興致勃勃地背上她的大背包，離開學校，像個忙碌的新聞記者一樣，在大街小巷四處穿梭、走訪，開始她每一天例行的「外出獵奇」，去發掘、蒐集她親見的東方生活資料。

直到現在，我們仍然不明白，安妮在那些日子裡，究竟跑了哪些地方？去了哪裡？甚至連安妮自己有時也說不上來。但由於她自信方向感極強、做事謹愼，再加上我們因爲耽心她迷失，而特地教她背熟一句中國話——「請問，回台灣大學要坐什麼車？」因此，每天或早或晚，安妮倒也都在我們既耽心又盼望的心情中，若無其事地帶著一臉快樂的疲倦，安然歸來。

接著，便是我們一〇八室一天之中，最快樂有趣的時光了。安妮會在燈下毫不保留地展示她所帶回的「妙東西」：譬如在路旁地攤上偶然發現的粗陶花瓶；在文具店看中的一條鐫有金色篆字的墨；在菜場賣花攤位上買得的一枝狐狸茄；或是在中山北路偶然見到的愛不忍釋的景泰藍小碟；一些綴有亮片、珠珠兒、流蘇，極其可愛精巧的繡荷包等。每當安妮在摩挲這些物件，讓我們共享她的喜悅時，她柔藍的眼神裡，常流出一抹晶亮的光輝，彷彿在每天這樣點點滴滴、來去自如的觀察中，她個人的好奇心已得到了最滿意的報償。

說起來也著實慚愧，在安妮所帶回的一些新奇玩意中，除了有一些是連我們也沒見過的以外；另有一些，卻是我們見得太多而毫不以爲意的東西。例如有一次，她用三塊錢向賣水果的小販，買回一個手提的水果籃。那是一種隨處可見，用竹篾編成的普通水果籃，沒有特出之處，除了裝蘋果橘子之類水果送人外，我們想不出它還有什麼其他的用途。但安妮卻興高采烈地當成寶貝買回來，認爲那是個簡單但卻充滿趣味的小東西，是結合了技巧與慧心的手工藝品。她煞有介事地將它擺在床頭，並且把未婚夫麥克寄給她的信，一一編號，妥善地存放在籃子裡，喜歡得不得了。這件事，讓我們印象十分深刻，安妮在無言之中，教會了我們如何以一種全新的眼光，去看存在於我們周遭，被我們所忽略抹煞的事物，並試著去欣賞它們，重新發現它們的趣味。

除了把玩這些小玩意之外，在臨睡前的那段時光裡，我們也常在一塊兒彈吉他、唱歌，聽安妮說起麥克以及她家鄉的風土人情。有時，我們則教她說中文。

雖然，安妮在各方面的表現，都顯示出她是個十分聰明、敏捷的女孩，但唯獨對於學中文，她卻始終進步緩慢，並且常鬧出發音不準或意思不對的笑話來。

例如：「睡覺」，她總說成「水餃」；「泡泡糖」總說成「破破糖」；「好巧」總說成「好糗」；「母狗」，則說成「媽媽狗」。有一回，她問我們學校的洗衣部在哪兒時說：「我的床單要送去哪兒洗澡？」此外，如「你為什麼傷心？」說成「你的心為什麼壞了？」；「我感冒了」，「我頭痛了」則說成「我有一個感冒」，「我有一個頭痛」等。諸如此類的笑話，不勝枚舉，常弄得我們啼笑皆非。我們好不容易把她的錯誤糾正過來，可是到了下一次，說同樣的話時，她仍犯著同樣的錯誤。安妮無可奈何，也只好在我們笑聲中，聳聳肩，坦承自己「音感太差」，「沒有語言天才」。

不過，畢竟是耳濡目染，安妮仍然有幾句中國話，是說得抑揚頓挫，一點都不含糊的。那便是我們常掛在嘴邊的口頭禪——「受不了」和「好可怕」。台北的冬日，常是陰雨綿綿，又冷又溼的。安妮是個喜歡耀眼陽光的人，每逢她推窗看見室外又是個細雨霏霏的日子時，便會模仿卡通影集裡的金剛，故做憤怒狀，將雙拳舉在兩耳旁亂捶，口裡則不斷頑皮地嚷著：「受不了！」「受不了！」「好可怕！」「好可怕！」直到把一室人都逗笑了，她自己也忍不住笑了起來。

在日常生活中，安妮與我們相處，就是這麼率眞而頗具幽默感的。雖然，大部份的時候，她對人對事的態度十分溫和平易，但對於自己所訂定的一些生活原則，卻固執地堅持不渝，她對自己個性中偶爾表現的弱點，也毫不作任何妥協和讓步。和安妮在一起久了，我們才發現，除了生活浮面上的這些風趣、詼諧與溫馨之外，安妮實在是一個很認眞，很嚴肅地在生活著的人。她的明快果決，以及嚴格自律的作風，是我們自嘆不如的。

我們從報章雜誌或電視電影中，見到了許多有關美國嬉痞的報導，常以爲那便是今日美國青年的寫照。在安妮尚未搬進一〇八室之前，我們也曾對這位來自異邦的女孩，有過許多好奇的揣測。學中文而喜愛潔淨的沈，恐怕她太不修邊幅；學外文的楊，耽心她會有什麼令人受不了的怪癖；而室長則揣度這位安妮小姐，會不會是個營養太好而噸位過重的人物……這一切胡亂可笑的猜測，全都在與安妮相處以後，一掃而空了。

事實上，安妮比寢室中任何一位室友都更講求秩序。她除了生活規律外，書架、衣櫃、抽屜以及書桌上的東西，無不井然有序；甚至連錢包裡的新台幣，也都按照十元、五十元、百元的大小次序，一張張平平整整地放好。她很謹慎地控制自己的飲食，又很注意衣著服飾；每日一有空閒，便把自己在寢室內的生活空間，收拾得乾乾淨淨，或盡量予以有變化的佈置。因此，安妮的人和物，永遠給人一種舒適光潔的秩序感。漸漸地，我們才了解，原來安妮是一個追求美——生活的美感、個人生命美感——的人。對她而言，和諧的秩序便是美。

安妮生活在一〇八室的那段日子裡，她的書桌上，始終擺著一張微舊的硬卡圖片。圖片中心是一個身披暗紅布袍的男人，十指交握在頷下祈禱；他抬起那張因痛苦而略呈扭曲的臉孔，虔誠地向上仰望，眉宇間似蘊含著一股強烈的生之期待。在這個男人的周圍，有一群張牙舞爪，面目猙獰的獅子圍繞。整個圖片的色調十分晦暗，只有右上角隱約透出一絲光芒。據安妮解釋，這是幅有名的宗教圖畫，畫的是一個被囚禁於地窖裡的殉道者，在極度絕望與困厄中，仍憑著一己的勇氣與信念，克服了對邪惡與死亡的恐懼。安妮說，這幅小小的圖畫，常帶給她極大的啓示，每一次凝視，都使她深刻感覺出生命之可貴與人之尊嚴。因此，她總寧可以認眞的態度，熱烈地去生活，去克服心中那個軟弱的自己，也絕不願屈服在「較次等的自己」底下，草率隨便地虛度時日。

安妮並且告訴我們，當她初至台灣時，也曾因思念麥克，思念家人和飲食不慣等，弄得情緒不寧，甚至引起了輕微的胃病。但每一想起這幅「獅群中的祈禱」，她就覺得自己又漸漸恢復力量了。

「因爲，我想，任何人的委屈或不幸，都不會比那位殉道者所遭遇的來得痛苦強烈；那麼，誰有資格比他更脆弱呢？——我有嗎？這樣一想，我就開朗多了。」

「現在，我覺得每天都很快樂，都很有意義；哈！每一天都是個新奇的好日子！（Everyday is a new day!）」

說這些話時，安妮輪廓分明的臉上，煥發著自信愉悅的神采，彷彿有什麼東西，把她的臉孔和心靈都照亮了似的。

安妮有一件對她而言，具有重大意義，絕不輕易離身的東西。那是一條質樸的銀色腕鍊，簡單地雕鏤著一些凹凸花紋，並不耀眼，但珍貴的是腕鍊背面，簡潔動人的一句話：「After you see the world, come back to me!」（當你看過世界以後，回到我的身邊來吧！）這是麥克在安妮決定來台灣時，叫工匠打造了送她的。安妮說，對於她到台灣來的選擇，麥克從未兒女情長地加以攔阻，反而百般贊助、鼓勵；他覺得安妮有足夠的權利和自由去選擇她認爲對，或她願意做的事。麥克並且祝福安妮在「獨自一人的發掘」中，能大有收穫。隔著半個地球，這樣一句深情款款，濃縮著無限溫馨的話，也確實爲安妮在思念麥克的時候，帶來極溫暖幸福的感覺。

那年十二月底，安妮意外地接到了麥克寄自美國的一封長信。信封背面有麥克用中文一筆一劃寫成的「我愛你」三個大字。字跡十分生硬，但意思十分坦率。所有看到這三個大字的人，都忍不住微笑起來。

麥克這封長信的大意是說，許久以來，他一直祕密地在進行一份工作，希望能擔任台灣地區某一英文報紙的記者。現在，這份申請已經得到了明確的回音，不久他也要啓程到台灣來了。如果安妮同意，他願意就和她在台灣結婚，共同開始兩人未來的生活！

……

當安妮看完信後，立刻感動喜悅地哭了起來。她不時把信拿起，放下，又拿起，口中一直用英語喃喃地重複著說：「我不能相信這是事實！我不能相信這是事實！」

於是安妮開始忙碌起來，在她的備忘本裡，記下了各種大小該做的事和該買的東西。每做完一項，便用紅筆劃上一條紅槓。在極度的喜悅與忙碌中，安妮仍不失她的冷靜與從容。

那時，我們都正被迫在眉睫的期末考忙得焦頭爛額，但對於安妮的好事，仍不遺餘力地幫忙和奔走，由衷地感到興奮和喜悅。我還記得，當時我們一〇八室全體室友送給安妮的結婚禮物，是一個十人份的大同電鍋，一套彩色廚具和一條雙人床單。而安妮，則依照中國人的習慣，去印了大紅燙金的龍鳳喜帖分送給我們；並且還寄回美國給她的母親和朋友，告訴這個喜訊。

安妮的婚禮，是在聖家堂舉行的。她請了小鄭和我分當男女儐相，一〇八室全體室友則自稱是以「娘家代表」的身份出席。

那天，安妮穿著淡雅的純白禮服，頭上披著一層綴有稀疏雛菊的輕紗，站在高大的麥克身旁，顯得格外溫柔嬌小。當莊嚴靜穆而冗長的宗教儀式結束，神父正式宣佈他們是夫妻時，一時之間，細碎的彩紙飛揚，鎂光燈閃爍不停，教堂外鞭炮聲大作。我們一〇八室每一個人的臉上都帶著笑容，而心底則漲滿了與安妮一樣的快樂。

婚後，安妮和麥克住在南京東路一座公寓的四層樓上，生活平靜而簡單，但看得出他們很幸福。在這裡，安妮秩序化、美化生活的精神，又再度發揮得淋漓盡致。一個小小的胡蘿蔔頭，她可以切下來放在清水中供養，讓它形成一個雅致新鮮的小盆景；一些防火空心磚，經安妮巧妙堆疊起來，再鋪上圖案鮮明的桌布，竟也成了一張穩固的長形餐桌。我們功課忙，很少去看她；安妮卻常回學校來，並且常帶來她所做的點心，或新學的中國菜。

那年四月，我因開刀拔除四顆智齒，在床上躺了好幾天，無法咀嚼食物，一個禮拜瘦了四公斤。當安妮知道這消息後，立刻為我做了好幾種不同的布丁送來，當那些軟軟涼涼的布丁，一匙匙自我喉間滑下時，我的眼眶常因這一份不同尋常的異國情誼，而不自主地溼潤起來。

暑假，由於扶輪社獎學金終止，再加上安妮思家心切，她和麥克終於告別了這生活過一年的台灣，收拾行囊，回美國去了。此後，兩三年來，一直沒有安妮的消息。不知她和麥克是否安定幸福地生活著？我們和安妮相處雖然為時短暫（從那年九月到次年的一月，只有一百多天的時間）但我們卻永難忘懷這位來自異邦的女孩。那不僅是因為我們曾共同擁有過一段和諧美麗的時光，更因為她啟示了我們一種新的精神，新的生活態度，讓我們永遠感念不已。

——六十七年三月十九日《中央副刊》

# 如果我們流淚……

那天深夜，爲了「究應以什麼樣的態度來面對人生？」的課題，我們討論了許多。由於第二天大家都還必須上課、必須接受另一天的挑戰，所以，我們的討論，在沒有結論的結果下匆匆結束了。雖然有聲的探討暫時平息，可是，躺在一個有簷滴的初春夜裡，蓬勃莊嚴的生命之感，在四壁之間奔放、撞擊著；我的內心依然鏗鏘不已，久久都不能把自己從思維中驅趕出來，進入夢鄉。

其實，人生的問題，人爲何而活，這類極形而上也極其實際的問題，古往今來，已經有無數的哲學家去思索、去探尋過。但是，直至今天，我們從他們的智慧中，依然找不到一個絕對的、放諸四海而皆準的最後答案（我們只能得到某些啓示）。回顧歷史、瞻望未來，在望不見兩極的大洪荒之中，我們孤立於現世的一點，念天地悠悠，究應懷抱著一種如何的心情、如何的態度、如何的原則，來創造這短暫一瞬的生命呢？妳們說不知道，妳們說妳們很想肯定人生，但是，太多的沉痛、悲哀與無可奈何沉澱在妳們的內心，妳們無以肯定，而妳們也不想做自欺欺人的肯定。

是的，人性的弱點，人類歷史中不斷上演的錯誤、荒謬與悲劇，以及茫不可知的未來，確令我們很難肯定人生的眞義與價值；生活在今日，我們的內心，常負荷著超載的痛苦。

——但是，就在妳們感到黯然、傾向懷疑的時候，我也忍不住想嚴肅地問妳們一句：人生，難道就眞的如此不能被我們接受和肯定麼？難道人類過去的奮鬥、歷史進化的正面意義，以及當今多少人默默耕耘的努力，都不能讓我們肯定一點點什麼嗎？

所謂肯定，並不是藉著這個理由，讓我們可以更容易生存在這個世界上。不！那種自欺欺人的肯定，是懶惰而無積極意義的，與其持著這種苟且偷安、自我麻痺的肯定，倒不如在光榮地追求失敗之後，沉痛地否定。沉痛（而非輕率地）否定，與眞誠地肯定，同樣都需要有追求眞理的勇氣與一顆熾熱的心。但是，在這裡，我願意懷著一種近乎宗教家殉道奉獻的絕對虔誠和信念來說：肯定比否定的層次要高，肯定有它積極的意義存在；因爲對這個世界來說，肯定是太匱乏，也太被需要了。

畢竟，在今天，我們所立足的星球，已經是一個破碎、擾攘、充滿種種苦難的地方，太多的人已經否定了一切，我們豈能、又豈忍再像他們一樣，陷入悲觀、虛無之中，投入更多的否定？這世界本不需以完美取悅我們，完美也不需我們去肯定，不完美才需我們切切地加以肯定它還有充滿遠景的未來。因此，唯有重拾肯定的精神，接受生命的烙印，從否定的廢墟之中，堅強誠懇地站立起來，世界才會在我們的心裡再生，才會在我們的手中被改善，而我們信念上的肯定，也終將獲得具體事實的肯定。

十九世紀之初，當史懷哲醫生毅然走向原始森林的時候，正是多少人唾棄、遺忘、否定了非洲的時候。然而史懷哲一本他無邊無際的關愛和一顆悲天憫人之心，肯定了他所從事的艱鉅危險的工作，並且執著於那份肯定，終於在原始森林的世界裡，造就了奇蹟；他永恆不朽的愛，化育了蠻荒，也潤澤了多少枯澀的心靈，為我們遺留下完美的典範。我們能不能也堅守那一份肯定的精神，去盡我們身而為人的本份，去為這個社會、國家，為這個漸漸失去信心、漸漸被覆以否定陰影的人間世，做些什麼呢？

如果，這個世界，原是那麼容易、那麼可以輕率地被肯定的話，我們的肯定，並無價值。正因為它太不能讓人去肯定，所以，我們才亟需主動地去付出肯定、堅持肯定，並進而完成那一份肯定。

——也許，妳們會說，在否定之中，人同樣可以賣力地工作，同樣可以正常地生活。然而，否定，畢竟是一種耗人心血、消磨生命銳氣的情緒；它容易使人疲倦，也容易使人在一種無望的狀態裡，漸漸貧血、窒息。因此，即使在否定之中，我們也依然必需學習肯定、仰望肯定，依然要企圖建立肯定，來維繫我們對這個宇宙、這個世界源源不盡的愛，而在無限的時空中，把有限生命的意義，提昇至最高、最巔峯。

說這些話，我並不是站在一個較超然的立場發言；在現實生活裡，我同樣也是個軟弱、粗糙、需要隨時惕勵自己、超越自己，和失敗的自己做不斷掙扎的人；其中最大的掙扎，便是從隨時都可能存在的否定的流沙中，奮力昂起頭來，辛苦地護持那一份成長不易的肯定（畢竟，肯定並不是一種本能）。希臘神話裡的薛西佛斯，推他的石頭上山，石頭復又滾落下來，如此永無止境地輪迴下去……，這樣一則悲劇，之所以令人感動，並不是石頭是否終於不會落下來的結局，重要的是，他懷著悲壯的精神，敢於堅持，而從不考慮放棄！儘管維持肯定，有時就像日復一日，推石上山一般，是那麼地令人汗水淋漓，但，我仍願接受生命的烙印，執著於那份椎心刺骨的抉擇，去做一些什麼，或說一些什麼。而現在，我願說的便是：肯定，是我們身而爲人的一個最基本義務和責任。如果我們願意付出，願意爲這個世界付出我們的愛，肯定便是最大的付出，也是最基礎的付出。儘管在這樣少有回報的生命之愛裡，含著憂傷、失望和痛苦，但同樣地，也含著光榮、驕傲與莊嚴。如果我們流淚，哦，請聽我說，那是因爲我們選擇肯定、忠於世界、盡瘁人生、擁抱苦難；那是因爲我們愛得太深的緣故。

——六十五年五月三十一日《大學新聞》

# 紙盒裡的迴紋針

他的書桌上有一個正方體的紙盒，裝滿了迴紋針。

其實，那紙盒本是用來裝飲料的。

一個夏天，在歸途中，他實在口渴極了，便在街旁小店買了這盒飲料，潤潤乾燥的唇舌。回到家順手想把盒子扔掉，卻在瞄準垃圾桶時，忽然發現紙盒上的圖案非常鮮明好看，就爲了這麼一個簡單的理由，他走到水龍頭下，把盒子裡殘餘的汁水洗淨，放在陽台上晾乾，又將紙盒上端剪開，擺在書桌上水晶紙鎮的旁邊，就這樣留下了它。

而現在，他知道他是永遠不會丟棄它了。

那天晚上，他坐在面窗的書桌前苦思一篇未完成的稿子，極度地思索使他略感鬱悶；無聊中，他放下筆，把玩起那只空紙盒。在那鮮麗的圖案裡，他忽然想起少年時代想當作家的夢想，那夢想正如眼前七彩的圖案一樣瑰麗；然而，圖案是圖案，和他連不到一起，就好像少年時代的夢想，和現在的他也無法連接一樣，他不禁嘆息地想：

為什麼由起步到成功，其間的距離這樣漫長？

白天，他必須上班，在證券交易所那喧嘩嘈雜、只認識金錢、只關心漲停板的地方工作。黃昏，拖著疲累的身子回來，照理說，他可以和同事一樣，坐在電視機前發一整晚的呆，然後直至睏倦不已、關上電視，痲木地倒頭就睡；或者帶著女朋友到ＰＵＢ、咖啡廳，在那些燈光幽暗的地方放縱自己……。雖然他有足夠的時間和鈔票，但他不願意這樣做，他總希望從浮華而易迷失的現實環境裡，把握住一點踏實的東西，完成少年時代的夢想、完成他自己。

於是，在每天晚上九點以後，他便習慣拉開書桌前的椅子，坐下來，寫點東西，然後在完成的稿件右上角夾一枚微閃銀光的迴紋針，第二天上班時寄出。他渴望它們印成鉛字，在副刊版面上出現，那是他枯燥緊張生活中的最大安慰和滿足。

可是，在積了一抽屜的退稿後，他發現自信正在一點點地喪失。呵，寫作可不是輕鬆的調劑啊！他常這樣想，光有興趣實在是不夠的，還得有堅強的意志力與耐性、信心才行。就像今晚的這篇稿子，他已經寫了一半了，但是他沒有把握一定能得到編輯的青睞，如果，這又是一次退稿的小挫折呢？——他不是一個軟弱的人，但想到這裡，他也幾乎寫不下去；他只覺得自己正陷在苦惱的情緒困境裡，需要做個選擇：

寫，還是不寫？

留住少年時代的夢想，還是向它告別？

窗外，溫柔的星光正擱淺在夜色裡，他推開紙筆，熄了燈，走到狹窄的小院中，想鬆弛一下紛繁的思緒。銀桂的濃香隨著一絲涼意醉人地撲來，明潔的月色映得滿地都是凝靜的樹影。

「一個纖塵不染的夜！」他想。心情舒緩了許多，就順便在院裡的矮凳上坐了下來。

偶然間，他注意到牆角有一隻蝸牛瑟縮地停在那兒，一動也不動，可是諦視久了，他才發現它並不是靜止的，而是正在緩慢地向上移動，只是動得極緩極慢，幾乎感覺不出來罷了。

世界上竟然有這樣在靜止中前進的小東西！

他不禁想起童年時代，在南部故居的水井旁那株開著黃花的老樹來了。夏天清晨，當濃重的夜露把棕褐的樹身浸得又黑又溼的時候，便會有背著脆殼的蝸牛，伸出肉紅柔軟的觸角，在樹幹上緩緩爬著，爬過的地方留下一道晶亮的水色痕跡。

它們爬行得那麼緩慢，有時他實在不耐煩了，便用手指在背後推著它們，或者乾脆把它們摘下來，放到草地上。常常，背後的老祖父會阻止他、溫和地告訴他：「唉，不怕慢，只怕站哪！蝸牛也不簡單的哦，不要小看它，雖然它走得慢，可是還是走了；如果它不走，停在那裡，那就更慢啦！」

就是這「不怕慢、只怕站」的哲學，支持著祖父和父親熬過無數赤手空拳闖天下的日子，也支持著他從偏僻地區的小學中學進入了大學，接受完整的教育，擁有今天的穩固職業。

可見人生雖是不可思議的，可是在每一個靜止的階段裡，都飽含著飛速前進的潛力，只要你願意推動你自己。

許久以來，他都已不再去想祖父的話了，而現在，在這個溫柔似水的夜裡，一隻蝸牛竟觸動了他的回憶。

於是，他猛然回過頭來，再去看牆角的那隻蝸牛，果然，就在他思索的過程中，它已經離開了原來的位置，又向上移動一點了。

那緩緩蠕動的身軀，不求超越別人，只求超越自己，在瞬間帶給他極深的感動，他彷彿看見自己在迢長的寫作之路上緩緩前進的影子，方向雖然正確，但企求成功的心情卻似乎太躁進了些；那種「不怕慢、只怕站」的精神與意志，正是他所亟需培養的啊！

在興奮中，他飛快地走進屋內，把抽屜裡的迴紋針——那作品完成的記號——全部找出來，順手傾倒在眼前的方紙盒裡，堆得滿滿地，打算不計得失地一直寫下去，一篇稿件、一枚迴紋針，直到把它們全部用完為止。

現在，紙盒中的迴紋針怕還有好幾千幾百吧？然而他不再沮喪和著急，在每一天的伏案苦思中——哪怕是只寫出了幾十個字而已，他都從其中得到莫大的充實與快樂；世上不應有廉價的、輕易的成功，他相信只要有恆不輟地寫下去，總會寫出一片天地來的。

因此，紙盒裡微閃銀光的迴紋針，遂成為一個個完成自我、逐漸登上夢想的階梯。

——六十七年十一月三十日《中央副刊》

# 生命中的碎珠

沒有一樣事物，比新式按鍵電話，更能具體說明「這是個分秒必爭的世界」了。的確，現代人連讓電話鍵盤撥轉回來的一兩秒時間都不願等待，我們還能懷疑這不是個節奏迅速、步履匆忙的時代嗎？

也許，正因爲點點滴滴的時間，都可能是致勝的關鍵，值得我們加以吝惜、爭取；因此，能掌握時間——尤其是瑣碎時間——的人，往往也都是令人欽佩仰慕的智者、成功者。

例如胡適之先生，這個「爲學術和文化的進步，爲思想和言論的自由，爲民族的尊榮，爲人類的幸福而苦心焦思、敝精勞神」的「哲人」（胡適之先生墓碑文）便曾以「不做無益事，一日當三日，人活五十歲，我活百五十」的生活哲學來自勉，所以，雖然他每日在著書立說、從事學術研究和教育工作以外，還要親自處理諸多繁雜事務，但由於能充分掌握、支配瑣碎時間，做建設性的運用，因此仍然生活得從容自如，處處流露出一個溫藹學者的修養風範，從不覺得時間不敷使用。

此外，據說美國歷史上最年輕的總統甘迺迪先生，常常在他接見的第一位客人起身離去，第二位客人尚未踏進接待室之前，也必拿起手邊的書籍來翻閱、研讀，絕不輕易浪費這些短暫的空檔。正因爲他善於利用瑣碎時間，來培養豐富的學識，所以當有人批評他的髮型過於古板難看時，甘迺迪才能自信而從容不迫地回答：

「我相信所以治理國家的東西，不在頭皮上面，而在頭皮下面。」使得對方知難而退。

其實，撇開近人不談，在我們古代那樣從容、悠閒的農業社會裡，就已有許多懂得珍惜生命的哲人了。陶淵明曾經說過：「盛年不重來，一日難再晨，及時當努力，歲月不待人」，《千字文》中也有「尺璧非寶，寸陰是競」的格言。而宋代大儒歐陽修，更是一個善於利用瑣碎時間的生活藝術家。他說，他常利用「三上」的工夫來讀書；何謂「三上」？那便是「枕上、廁上、馬上」，以我們今天的話來說，便是「臨睡前、如廁時、出門前的短暫時間」。試想，生活在今天的我們，如果每天也能利用這些看似瑣碎而不重要的短暫時間，有恆地記一首唐詩、宋詞、一句格言，或背誦幾個英文單字，一年下來，能有多少的收穫啊？

有一個發人深省的小比方這樣說：在一個空無一物的箱子裡，我們最初可以放進一些大石頭，等到再也放不進大石頭時，餘下的空隙，我們可放進不少小石頭；當小石頭已放滿時，還可容納許多細砂；等到細砂也把箱子裏所有空間都塡實了，我們仍可再注入不少的清水……。

如果，我們每天二十四小時，就是這口大箱，而我們吃飯、睡覺、洗澡、上學、辦公、休閒、沉思的時間，就相當於箱裡大大小小的石頭，那麼，仍有不少零星、分散的空隙，可供我們完成許多事務；能不能掌握、利用它們，讓每天的生活都充實無愧，就全靠我們自己了。

積沙能夠成塔，集腋可以成裘；瑣碎的時間，應該是生命中的碎珠、沙金、片玉，能勤於撿拾，並集合它們，那的確是一宗可觀的財富！

——六十七年七月十六日《中央副刊》

本文選入翰林版國中國文課本

# 餅香

在台北，有陽光的冬日，你應該珍惜；因爲，在那樣少見的日子裡，地上必迤邐著一張比金子還貴重的亮箔，只要你輕輕踩去，便會忘路遠近，走到記憶深處最安寧的一條小巷。在那裡，你可以曝晒好多發霉的東西；即使爲時短暫，你仍應珍惜那福至心靈的奇妙時刻。在工業文明的社會中，能回憶時，就盡情地回憶吧！因爲，我們能回憶的時間並不多呢！

台北的冬天，總是色調灰暗、陰雨綿綿、又冷又溼的。

但是，有一個冬天的早上，燦爛溫暖的陽光，竟灑在每一條街道、每一片樹葉，以及每一棟公寓的高樓上。西門鬧區，有轟隆轟隆、冒著黑煙的火車通過；行人陸橋上盡是熙來攘往、步履匆忙的人群；豪華的私家轎車，神氣活現地在有陽光的街頭穿梭，坐在駕駛位上的，多半是衣著入時、經過精細化粧的仕女，或是西裝筆挺、滿臉自信的紳士；每一個路口的紅綠燈都忙碌但冷靜地眨著眼；火車站前的廣場上，正湧出一批手提旅行箱、剛從中南部北上的旅客，他們紛紛把大衣拿在手上，有些甚且用巾帕擦拭額頭，不斷地在互相詢問：「怎麼台北沒有下雨呢？又這麼熱？……」

那時，我剛開完一項業務會議，約莫十一點左右，腹似雷鳴提醒了我，早餐僅是匆匆以一杯牛奶解決的。於是，我推開厚軟的沙發座椅站起，拎著〇〇七手提箱，略微把喉間勒緊的領帶弄鬆，便穿過鋪著名貴地毯、裝有空氣調節設備的橢圓形會議室，從十四樓坐電梯下來，準備到那家金字招牌的西餐廳，去吃它們有名的松露蘑菇牛排。

停車場上，我那輛銀藍色、外型漂亮的雪佛蘭，正由一個穿著粗布花衣、面目黧黑、略嫌臃腫的女人在擦洗著。她是那樣認眞並專注地在從事這一份工作，一時之間倒令我在陽光下迷惘起來：究竟是我，還是她，才是這部雪佛蘭的眞正主人？如果是我，爲什麼我一向總厭煩於洗車這類卑瑣的工作？車是金屬的，金屬是冷的，而我又何嘗不是冷的？我以金錢交易取回了它，我們之間可曾有一份親密的情感聯繫？它是我的工具、我的裝飾，而我——充其量，只是它的「乘客」或「司機」；倒是那女人，洗去車身塵埃時的一臉滿足，正與雪佛蘭光可鑑人的外殼相互輝映，有一種完美的默契與溝通。

我默立注視良久，不禁黯然地離開他們，走出停車場、走出××廣告大廈的陰影，久在台北紅塵打滾的一顆心，竟因此悵然若有所失。我很想找一個地方休憩一下，閉起酸澀的雙眼好好沉思一會，但站在十字路口，我只能隨著人潮、隨著綠燈的指示，像個機械人般，漫無目的地向前行去。……

十一點半左右，我正偶然從一條長而寂靜無人的小巷走過，高級公寓巍然林立的大台北，彷彿已不存在，壓迫感頓然消失，幾隻啁啾的麻雀，在清潔乾爽的路面上跳躍啄食，這時，我才聽到漫天遍地的美好陽光，正在聲嘶力竭地喊著，可是對面街道上低頭疾走、面無表情的人群，卻似乎沒有一個人駐足傾聽。

午安，日光！

我的步履不自主地緩慢、從容起來，緊張的面部肌肉也放鬆弛了。鳥鳴巷更幽，不是嗎？這眞是個鬧中取靜的好地方呢！我不禁笑了，眞心而開心地笑了，眉頭舒展的感覺，使我覺得年輕。

我注意到小巷兩旁，全是不太高、並且沒有插上碎玻璃的赭紅甎牆；牆內扶疏的花木、隱約可見的綠色紗門，以及擺在台階上的各式盆景，都透露出濃厚的家庭氣息。殷實、溫馨而平靜、小康的情調，突然勾起我對南部獨院老屋的懷念；久在都市文明浸洗下，變得麻木剛硬的一顆心，竟彷彿解除了保衛自己的武裝，不可遏抑地翻湧起一股如見故人的情愫，我在小巷中貪婪地流連、沉思，被這冬日的台北陽光攪得有點溫柔起來。原來，人那麼容易屈服在鄉愁之下，即使再高再牢的堤防，只要偶一觸發，也阻擋不住那排山倒海、一下子就吞噬你淹沒你的情感巨浪。

畢竟，這是個悠閒寧謐的深巷，沒有行人，沒有車馬，只偶有顛倒蒼苔的絳英，和一隻灰黑雜色、正聳著肩胛骨慵懶自牆頭踱過的老貓，因此，我不必羞於把一張已經都市化的三十四歲臉孔仰曝在陽光下，讓它由冰冷而溫暖、由僵硬而漸趨柔和；同樣地，我也不必畏懼於把記憶深處，久已發霉生蛀的往事拿出來曝晒一下，會讓別人窺破心底的祕密。

我在明朗無私的陽光下，靠在巷底那株老鳳凰木粗壯的樹幹上，十分從容地檢視著陳年舊事，並且一一抖去大台北的塵埃，把蠹魚趕跑……，童年的我、少年時代的我，

——總之，一個比較單純眞實的自我，竟在這時奇妙地和現在的我重疊了，就像拍照時，相機的玻璃方格裡，影與像的重疊一樣。這時，如果有人走過來討好地對我說：「老闆，我們剛又接了一筆生意……」，我相信，我會一反以往的亢奮，像那位希臘哲人那樣，心平氣和地對他說：「走開，請別擋住我的陽光！」而任他帶著一臉的狐疑，搖頭離去；除非，他也領略了這陽光的好處。

## 十二點十分

當我覺得有些饑餓，正嘆息著準備把零散曝晒的往事收集起來，歸入檔案，再度重整武裝，衝入現實的大台北時，也正是巷尾的最後一家，油餅香氣裊裊翻越圍牆、逐漸在整條小巷散步的時候。

像猛不防挨了一記軟拳，一陣愣然，我靠回老鳳凰，零散的記憶又撒了滿地。一向以狠、冷、穩的作風，馳名同業，少年得志的我，怎麼會Sentimental起來？既敵不過陽光的曝晒、小巷的吸引，又受不了餅香的召喚呢？

——因爲、因爲，我結結巴巴、十分狼狽地在心底想著：因爲，我的少年時代，阿爸也曾在南部安平老家賣油餅啊！可不是嗎？這氣味、這油香、這平底鍋上吱吱煎著的聲音，豈不和阿爸當年賣油餅時一模一樣？

我倒從不曾以阿爸賣過油餅而自卑，而想在任何知道這件舊事的人前予以掩飾，不，相反地，我一直很敬重阿爸，很以他的睿智爲傲，我覺得我——不——如——他！只是，久已不想安平故宅、久已不想阿爸、久已不聞餅香，而現在，這一切印象，竟都大踏步地一下橫越過時間、空間的遙距，那樣鮮明地鑽入胸臆，讓你棄甲曳兵，不得不赤裸裸面對你情感中最柔軟的一面、記憶裡最深沈的一部份時——此情何堪？

我迢然舉目，眼前似昇起一層水霧。

阿爸一生，飄零亂世，從一鄉走過一鄉，從一城走過一城，顛沛流離，目睹過各種悲慘辛酸，令人心碎的離奇變故，眼角多皺的魚尾，似早形成爲一個倒置的三角洲，所有人生的智慧，彷彿都流進他那明朗澄澈的眸子中了。人說，在阿爸面前，很難說謊，也毋庸說謊，的確，眞誠睿智、飽受人間歷鍊如阿爸者，有幾件事是看不透、想不清、勘不破的？

歷盡千辛萬苦，赤手空拳來到安平後，阿爸把他那胼胝的雙足踩在酥軟的春泥上，一點點地耕、一寸寸地耘，每天，他收穫幾枚新鮮的雞蛋和翠綠清甜的瓜蔬時，總忘情地說：「吃菜根淡中有味，何況我們吃的都是很好的菜頭呢！」

臉孔棕褐的阿爸每每赤腳下田回來，解去臂上護套，總趺坐在門前涼涼的竹床上，蒼然翹望雲彩（想什麼呢？），直到天色已黯，阿媽在裡屋喚著，才悠然蕩回屋裡。週末和禮拜天，入夜時分，阿爸則在腰間纏一條粗大的白毛巾，推起那賣油餅的簡陋車子，點亮小小的風燈，並把平底鍋下的爐火燃著，就從街頭步到市場，再到戲院前的空地上，加入賣蚵仔煎、炒花枝、四神湯的攤販陣中了。

那時，我只是一個心靈稚嫩、正在台南讀書的中學生，每個週末回家，常背著書包，直接從車站去看爸，看阿爸用他粗大厚實的手掌，在一團軟柔柔的油麵上推揉，聽著平底鍋裡油珠快樂叫跳的吱吱聲音。隔壁賣魷魚羹的坤仔夫婦，一看到我，總是半嘆半羨地對阿爸說：

「阿祥伯！眞好福氣啊！晚年得子，竟是這樣又體面、又會讀策的後生……」有時，高興起來，大火翻炒幾下，立刻就送上一碗炒螺肉，說是讓我這個讀書人滋補的，其實只是想略一表達他內心裡，歡喜得不知如何是好的一種拙樸情感而已。鄉下人的人際關係和人情味就是這樣，溫厚實在，不攙虛假，沒有造作。在安平的那些日子，在餅香氤氳、客串小販的生涯裡，阿爸的物質生活雖不豐富，但在精神上，卻始終無憂自在、怡然舒暢，或許，阿爸所愛的，就正是那份踏實、那份坦然吧？

爾後，我進大學、讀研究所，都在台北，少回安平。直至現在，在社會上混了已有八、九年之久；家也成了、業也立了，一家赫赫有名、令人敬畏的廣告公司，也在我名下矗立於浪濤洶險的台北，嶄新的花綠鈔票，耀人眼目地天天滾進，於是，陽明山的別墅也蓋起來了，配有小酒吧間的客廳壁紙、沙發、地毯，開始年年換新；私家轎車早已有了兩輛，彩色的「增你智」還在宣傳時期，起居間立時就有了一架——一切都是最新、最好的。慘澹經營、艱苦闖天下時期的油汙牛仔褲、不修邊幅的套頭短衫，是早已消失不見了；安平故宅、賣油餅的手推車，也早成為生命裡模糊的一點陳跡。

雖然，我從不曾想過要衣錦榮歸，回去接受鄰里更大的驚詫與豔羨，但我卻不是個輕易忘本的人，我把阿爸從安平接到台北來，讓他享受兒子的「成功」——辛苦了一世，別無所求的阿爸，難道不該休息休息、過著最舒適講究的物質生活嗎？——這是我當時的想法。

然而，阿爸的脾性是和台北合不來的。向來隨遇而安的阿爸，卻不愛台北的空氣、台北的嘈雜緊張、台北的公寓、廣告牌，還有台北人重物質、愛金錢的習慣，以及他們滿是心機的笑容。停留了一星期，阿爸語重心長地拋下一句話——「滿易損、盈易虧，好自爲之」給我後，便帶著原有的包袱回去了。而這一去，再見到阿爸時，卻已是銅棺三尺、永隔人天了。但阿爸壽終正寢的臉上，可一絲遺憾都沒有——一生以雙腳實實在在踏在泥土地上，在朗朗乾坤之中，俯仰自如的阿爸，難道會有遺憾嗎？

任何一個鋼鐵打鑄成心的人，見了阿爸的雙眸和皺紋、聽了阿爸說話的聲音、感受了阿爸的性格，都不免折服軟化，何況我是阿爸的愛子呢？多年來，我一直不解阿爸這麼一句意味深長的話——「好自爲之」，究竟何所指？因爲，我一直太忙，我忙於競爭、忙於交易、忙於成功、忙於鞏固自己的事業和在大台北的位置，從來沒有時間好好品味、思索這句話。而現在，即使豔陽在天、餅香盈巷，阿爸此言又親切明晰地打入腦海，然而，台北化、都市化已深的我，仍無法一窺其中奧祕。

一向被順利驕縱慣了的我，被這個難解的茫然攪得有點懊惱起來，一時之間，我不知究竟應該惱這冬日的陽光？惱這小巷的幽靜與餅香？還是惱我自己，或這整個都市文明？……

## 十二點十七分

巷口已有人走進來了，我警覺地站起身，猛然想起自己走出廣告大廈的目的，只不過是想開車去那金字招牌的西餐廳，吃一客松露蘑菇牛排而已，卻竟然如夢似幻地跑到這小巷來晒太陽，如果任何一個其他的台北人知道了，豈不要笑我的荒唐？於是，我即刻斬斷那富於溫情的一切，拍拍西裝，調整自己的姿勢和面部表情。當〇〇七在手，我邁開步伐，昂首向前走去的一剎間，餅香已淡，小巷有更多的人進來，而陽光，似乎也稀薄些了。

——六十七年四月份「幼獅文藝全國散文大競寫」入選作品

# 後記

仲夏的蟬鳴噪耳、陽光耀眼，在這樣一個元氣淋漓的季節裡，我的第一本散文集終於問世了；回想起獨自在燈下苦思的那些日子，心底竟湧起幾絲欣慰。

我向來不是才思敏捷的人，對於寫作，也從未出現過「振筆疾書」的情形；下筆時速度之慢、塗改時增刪之多，常使一篇作品的完成，耗去極長的時間、極大的心血，其間並無任何愉快可言；唯一輕鬆舒暢的時刻，是把完稿摺疊好、裝進信封、投入郵筒的時候。

因此，一年多來的寫作歷程，使我深深領悟到，光憑興趣去寫作是絕對不夠的。一個不是天才的人，必需透過嚴格的自律和經年累月地不斷筆耕，才能突破自我界限，發揮內在潛力。希望《群樹之歌》只是一個開始，在往後迢長的寫作之路上，我還能有更多更好的作品寫出。

對於這本散文集的問世，我很感謝《中副》主編孫如陵先生和各報副刊主編先生，這些前輩溫藹的提攜，曾予我以極大的鼓勵。

另外，我也要謝謝外子。在生活中，他始終扮演一個知己的角色；我的文章，他幾乎都是第一個讀者，嚴格而忠實地提出修正的意見；當我爲了一篇作品而疏忽家務的時候，他也總是十分體諒地爲我完成，如果這本文集可算是生命中一樁小成功的話，他在幕後推動支持的力量是不可抹煞的。

最後，更感謝透過這本書與我結文字善緣的讀者們。地球是圓的，希望，也相信，仍將與各位後會有期。

——一九七九年七月於台北新店

九歌文庫 29

# 群樹之歌

著者　陳幸蕙
責任編輯　薛至宜
美術編輯　紀琇娟
發行人　蔡文甫
出版發行　九歌出版社有限公司
臺北市105八德路3段12巷57弄40號
電話／02-25776564・傳真／02-25789205
郵政劃撥／0112295-1
九歌文學網　www.chiuko.com.tw
印刷　崇寶彩藝印刷有限公司
法律顧問　龍躍天律師・蕭雄淋律師・董安丹律師
初版　1979（民國68）年7月10日
重排初版4印　2011（民國100）年10月
定價　220元

書號　F0029
ISBN　957-444-330-2
（缺頁、破損或裝訂錯誤，請寄回本公司更換）

國家圖書館出版品預行編目資料

群樹之歌／陳幸蕙著. — 重排初版.
—臺北市：九歌，〔民95〕
面；　公分. —（九歌文庫；29）
ISBN 957-444-330-2（平裝）

855　　　　95011506